探訪時間

郭麗容——著

目錄

飛翔

她降落在大平原的時候，夏至已過了一半，太陽的直照由北回歸線移向赤道。大平原的空氣乾燥，她埋在大學的女生宿舍。香薰爐內赤豆般的火焰抖動，房內瀰漫清晨雨露，天花板漸漸發潮，結聚了點點露水，滴下來，滴在她的髮絲，臉頰，嘴唇。她張開嘴，用舌尖舔啜露珠，喉嚨感覺舒暢了一點。雨滴越下越急，越下越大顆，吧啦吧啦，如熱帶雨林傍晚的驟雨。回憶中的熱帶雨林，是蒙上煙霧的玻璃窗、蝴蝶的折翼、恍如糊在牆壁剪紙的壁虎。在旅館的小房間，牆角靠近木窗處麇集七八條肥大的壁虎。日間牠們如古代生物的化石，失去生命的動物形體，晚上卻活動起來，哇哇叫的在交配，她彷彿與一塘雨蛙同睡。有天下午放晴，她走出外去，向晚時分翻起狂風雷暴，她奔回旅館。旅館的兼職接待員告訴她，他剛才在後花園看見一頭長髮沒臉孔披白袍的女鬼飄過。在大平原某個雨夜，她也曾遇上一個鬼魅般的女子。那女子沒打傘，赤足在雨中走，頭髮和身上的長裙給雨滴糊着身子，她一邊走一邊喃喃自語，我喜歡雨天，我喜歡雨天啊。她經過女子身旁，女子身上的長裙圖案顯現，是太陽、月亮、星星。

不過大平原很少下雨。初來的人不適應酷熱乾燥的氣候，難於調節體內的氣壓，漸漸體內的氣壓比空氣更低，身體浮升在半空。他們在空中載浮載沉，伸展雙臂，希冀可以找到些什麼可以降回地面。她很幸運，很快抓到一個健壯的男子，男子也需要她，他們牽住對方的手臂，愉快的由半空降下。當她看清楚他，立即喜歡上他的眼睛，然後是他的手，然後是他的身體。當他們安穩站在地上，她已愛上他，他因為她愛他，也愛上她。他不在她身邊的時候，她會扭開收音機，伏在牀上呼喚他的名字，收音機播出的音樂掩蓋她的叫喊。她喜歡他的一切，包括他的字跡、杯子、留在煙灰盅裏的煙蒂。她最喜歡是他的頭髮，濃密一如熱帶雨林。當她的臉埋在他的頭髮裏，便立即覺得空氣變得潮濕，混和雨水打落在泥土、棕櫚樹、溪澗的氣味。她想，假如找不到他，她是否也變作一個赤足走在雨中的女子，叫喊我喜歡雨天，我喜歡雨天啊？

她不再浮上半空。

她和他愛坐在市集的路邊咖啡館，看書，看人。秋分過後，太陽的直照由赤道移往南半球，日光在北半球減弱，不如夏日的熾熱。他們坐在咖啡館，直至金黃的陽光轉為銅黃。在這個季節，導師和學生都愛走出課室，坐在草地上課，松鼠、白兔在他們身旁跑跑跳跳，暖和的陽光落在他們身上、臉上。不過哲學課的導師是個例外，她從不會走出室外授課，她只愛走出外抽煙，跟男學生談笑。哲學課導師遠看像個小男孩，名字卻很女性化：水蓮。校園的人工湖浮着一朵水蓮，當天空澄藍，湖水也是澄藍；天色灰暗，湖水也變作灰暗，只是那朵水蓮依然殷紅。

這個下午她和他坐在「瘋狂的椰子」咖啡館，他讀天文學課本，她讀哲學課本，她明天有測驗。每個星期一、三、五她都有哲學課，今天是星期二，明天是星期三。她想，他幫不上她的哲學科問題，陽光轉作銅黃之前便離去，趕往導師的辦公室向她請教。當她來到水蓮的辦公室，門已上鎖，室內沒亮燈。昨天水蓮上課時向同學承諾，今天會延長辦公時間，為什麼卻走了？教職員開始熄燈關門離去，她坐在昏暗的走廊的地板上，捧住哲學課本，有些埋怨水蓮失信，令她白趕一趟。

她走出教學大樓，火紅的大太陽向地平線落下，大平原的邊際折射出七彩水晶球般的斑斕光線。地球像個水晶球，她走着，在一叢又一叢的光線中。她看見一個泛光的身影，在光束的叢林裏，在山丘頂上走，可是翻過山丘卻不見了蹤影。是水蓮，她知道。兒時的景象突然在她心底浮現：秋日的草原上只得她一個人，她要捕捉一隻蝴蝶來製成標本，作為自然科的功課。

她在草原上跑來這兒，跑去那兒，卻找不到一隻，秋天的風把蝴蝶吹到遠方去。暮色漸濃，她才捕捉到一隻細小的黃色飛蛾。飛蛾在她雙手裏慌亂掙扎，她跟飛蛾同樣驚惶，她恐怕雙手一放鬆，牠便會飛走，她又恐怕太用力，會把牠掐死。草原的風在吹。飛蛾終於停止掙扎，她稍張開雙手，看見飛蛾已不能飛翔，掌上沾滿蛾翼的黃色粉末。她把飛蛾放入透明膠袋，走過草原回家去。

她回到女生宿舍，站在窗邊看着天空由深紫變作黑紫，地球是一顆紫色夜光珠。然後星星在天空顯現，這兒，那兒，在每一處。他曾對她說，宇宙有超過億個太陽，一顆恒星是一個太陽。她看着天空由黑紫變作墨黑，天與地連成一片。

第二天的哲學科測驗，她是最後一個留在課室作答的學生。此刻課室只有兩個人：水蓮、她。課室在一座堡壘的地下，向南是玻璃窗，風吹進來，向東是另一扇玻璃窗，陽光湧入。她的影子投在地上，她看見自己的影子向西伸延，向水蓮伸延。水蓮倚着書桌，看着她，看着她微笑。

那天下午，如往常的日子，她和他坐在咖啡館消磨時間。他看了一會書，伏在咖啡桌上打瞌睡，濃髮蓋住他的臉，在風中輕輕起伏。她的手插進他的頭髮裏。風吹來枯葉，他的頭髮令她想起乾草堆，不再是熱帶雨林。她把他留在咖啡館，獨自在市集蹓躂。市集的石板路鑲嵌一個又一個金色小天使像，她踏在天使像上面走，彷彿與天使同飛。真的有天使嗎？她抬頭，天空只有禿鷹在盤旋鳴叫。

他睡醒了。咖啡館不見半個人影，只有一隻貓蜷伏在地上打瞌睡，窗玻璃反射出陽光。他剛才夢見一個赤裸乳房天使撫弄他的頭髮。此刻沒有人在他身旁，她也不在他身旁。他感到身體開始輕起來，越來越輕，一陣風吹來，把他吹上半空去。

她已回到女生宿舍，站在窗旁看日落。他飛過窗口，似乎想看她最後一眼，她看着他飛過。過了一刻，她再次看見他飛過，他擁抱一個女人慢慢降落。女人身上的長裙印有星星、月亮、太陽的圖案，她曾在一個雨夜遇見這個女人。

她不再往「瘋狂的椰子」咖啡館，改在圖書館閱讀哲學書籍消磨時間，況且她要在太陽的直照還未到達南回歸線前，完成一篇哲學論文。哲學書籍藏在圖書館的地庫，陽光照不進來，風也吹不進來。她沿書架走，在書頁間找尋別人留下來的書籤，遇上喜歡的會取走。有張書籤上的圖畫是一個沉睡在海岸的長髮女子，女子身體伏在嵌滿一框一框蝴蝶標本的木牀。她在哲學辭典、百科全書也找到一些作書籤用的二吋乘二吋的小紙張，她相信小紙張是水蓮留下的，水蓮習慣把小紙張當作書籤，上面寫有零碎筆記。水蓮曾觸摸多少本書呢？她預感可以在圖書館地庫遇上水蓮，卻從來未遇見她。

一個假日她在市集逛，看見男人拖住那個鬼魅般女人，他們愉快走過。她走去「瘋狂的椰子」，坐在咖啡館外邊的座位。她從筆記簿撕下一張白紙，把白紙切分為二吋乘二吋的小紙張。然後另一白紙，接着又是另一張。風來了，咖啡桌上的小紙張給吹走。她看着被風吹散的小紙張，宛如一群飛翔的白蛾。她看着，感覺自己的身體向那群白蛾飛去，與牠們飛上半空去。她不害怕，她享受飛翔的感覺，像天使。她看見第一次飛行遇上的男人和女人，他們仍在空中飛翔。有些企圖抓住她的身體，但她避開他們，繼續飛行，直至看見地面上的水蓮，她正站在山丘頂的樹下。水蓮向她招手，示意她飛下來。她回到地面，與水蓮倚着樹談話。她告訴水蓮，她喜歡飛蛾多過蝴蝶。

第二天的哲學課，她一踏進課室便感覺寒冷，向南的玻璃窗打開，強風吹進來。一個男同學嘗試把窗關上，窗框卻緊緊拴住。水蓮走進來，她剛在課室外抽過煙。她看見玻璃窗打開，百葉簾強烈的舞動，她走向窗口，跳上窗下的暖爐臺，用力把窗玻璃拉下來。一次，兩次，三次，四次，五次。一整班學生看着她。她跳上窗臺，繼續嘗試，窗框嘎嘰嘎嘰的響。學生發出笑聲，風，越來越強勁，百葉簾如洶湧的波濤起伏。風，強烈得把水蓮瘦小的身軀吹起，她緊握窗楣，身體隨住風勢搖盪，宛如一個空中飛人。學生在觀看，像觀賞馬戲。她靜靜看着水蓮。強風把水蓮的雙腳吹散了，然後小腿，大腿。水蓮的肌體化作一片一片殷紅的花瓣，如一道星河向她飛去，落在她的頭髮、臉頰、嘴唇，然後是她的胸部和大腿。她覺得暖和一點了。

走出堡壘的教室，樹葉如熱帶雨林的驟雨落下，她踏在枯葉上，腳下格格的響。大平原滿是落葉，枯萎了的紅、橙、黃、綠、棕的色彩。彩虹的屍骸。人工湖面漂着的水蓮也凋謝了。
太陽的直照已到達南回歸線。

原刊《作家》第七期，二〇〇〇年十月

兩個住在城市的女人

○

她和母親住在城市。

一

城市建在海島上。一幢一幢高聳的建築物夾雜一幢一幢低矮的建築物環繞海岸而建，依偎山脈爬上去，爬上去，海島變成一座城市。

城市的樓房多設有露臺，城市的人習慣把衣裳、被單晾曬在露臺上，沒有露臺的便把衣物掛在窗戶外、天臺、走廊、橫街。晴朗的日子，淨潔的衣裳、被單在藍空下飛揚。寒冷的日子，就算樓房的窗戶緊閉，就算街上只有稀疏寥落的行人，在強烈北風中舞動的衣物仍顯露城市的生氣。三月天時，城市上空白茫茫一片，濃霧沉下來，沉下來，沉至正開始發新芽的樹梢。這樣的氣候，衣裳晾過三整天仍濕答答的，用力會擰出水滴來。

二

晾曬在露臺和窗戶外的衣物給她一種安全感。

她上小學便開始經常單獨留在家裏，她的母親由早至晚在工廠工作。她中午下課回家，便吃母親上班前為她準備的午飯，放在煲內的飯菜早已發涼。她吃完飯便洗碗、掃地、做功課。

然後她站在露臺，等候母親的身影在街角出現。下午的城市寂靜，特別在冬天，吹來海島的風強烈，除唬唬風聲外，便只有寂靜。她站在露臺看見的街道偶爾一兩個行人，只有晾曬在露臺的衣物顯示附近有人居住。如果露臺空洞洞，她會很害怕，這世界彷彿只剩下她一個人。

一個兩個三個四個小時過後，街燈一盞兩盞三盞亮起來，一圈一圈冰藍的光在漆黑的街道隱現。不久，母親的身影在街角出現，她手挽一籃子菜，是來準備晚飯和明天的午飯。她立即跑去開門，過了幾分鐘便看見母親走上樓梯，母親從籃子拿出生果給她吃。母親在廚房弄飯，她便吃生果，很多時候是橘子或蘋果，有時是香蕉或西瓜，有時是荔枝。

三

星期天，母親不用往工廠工作，帶她一起去街市買菜。街市給行人壓得黑黑的，她抓緊母親的手掌或衣襬，唯恐在擠迫雜亂的人群裏走失母親。大太陽下，菜攤帳篷、樓房、晾曬在窗外和路邊的衣裳和被單，投下深黑的影子在街道、牆壁和路人身上。她走着，看見自己的影子打在經過的路和牆上，在路人的腳上。滿街滿城都是影子。

在街市，母親會買玩具或圖書給她。她看見果攤擺賣彤紅的果子，叫母親買給她吃。夏天是荔枝的季節。有時母親會買給她吃，許多時候，母親說，荔枝不便宜，不可能經常買來吃啊。

四

她記得第一次吃的荔枝是父親帶回來的。父親是海員，一年才回家一次半次。他那次回家三兩天後又要離開城市。母親抱住她站在露臺看着父親在街道遠去，她喊叫：「爸！爸！」他聽不到，也不知道她們正在露臺看着他。父親的身影在街角消失時，她啕哭起來。母親說，父親要上船工作賺錢養家啊。飯桌上的白瓷碟子放有幾顆吃剩的荔枝，鮮紅的外皮已發黑。母親抓了一顆，剝下外皮挖出果核，給她果肉吃，她吃着吃着便不哭了。

那是她最後一次吃父親買來的荔枝，他再沒有回家。母親從沒告訴她父親往哪裏去了，她也沒問母親，她想他在大海遇難死了。

五

荔枝是她最愛吃的水果，鮮紅的果皮包裹清甜多汁的雪白果肉。她上小學前一雙手可以抓三顆荔枝。

在城市販賣的荔枝多由鄰近的大陸運來。她的母親不是在城市出生，是在大陸出產荔枝聞名的鄉鎮。母親十七歲時，她的父親病逝，便來城市工作，把大部份薪金寄回家鄉供養母親和兩個弟弟。

母親在城市半個相熟的人也沒有，同屋的一個中年婦人見她孤零零，介紹她的侄兒給她認識，他是個海員。婦人對她說，一個年輕女子單獨在城市生活會孤苦無助，趕快嫁出去，讓丈夫照顧吧。她的侄兒工作很多年，攢積了不少錢，大概足夠購買一個小住宅，不用愁以後的生活。

母親十八歲結婚，父親那年卅六歲。父親結婚後不久便上船工作，她在城市出生時，他正在海洋漂浮。

六

她見過母親的結婚禮服，彤紅色的，仲夏的荔枝那一種紅；袖口、衣襟和裙襬綴上銀色滾花。禮服放在一個棕黑色皮箱內，壓着一張紅紙毛筆字的結婚證書。

那天陽光充沛，是曬棉被的好氣候，樓房對面的露臺正晾曬一張大紅龍鳳被袋，放肆地把周遭薰染得一片喜氣洋溢。

七

她看過母親在城市居住之前的照片。

那晚剛吃過飯，母親接到在家鄉的大弟打來的電話，他們的母親病逝了。她病了大半年，那一段日子，她經常說看見幾隻鬼魅蜷伏在牆角，伺機奪走她的魂魄。

母親聽完電話，找出她離開家鄉前夕與她的母親和弟弟拍的照片。一幀黑白照，中年婦人坐在籐椅上，站在右邊一個年輕女子、左邊兩個男孩。年輕女子圓臉孔大眼睛，穿上碎花布衫攀帶黑布鞋，兩條粗辮子放在肩膊前。母親來到城市把辮子剪掉了。

八

但她從未見過父親的照片，家裏一幀父親的照片也沒有，甚至父母的結婚照也沒有。

她開始有另一個想法，父親不是在海洋溺斃，而是跟一個女人走了。父親在這個城市還是在別的城市結識那個女人？他們住在這個城市還是另一個城市？

她已記不起父親的樣子，要是有天遇上他，也不知道他是自己的父親。

印象中的他是個高瘦的男子，彷彿在黑白的老電影裏，在城市繁盛街道行走的其中一個中年男人，那些男人身上總是淨色襯衫、素色西褲。他們要往哪裏去？他們還在這個城市嗎？有時候，她在街上撞見高瘦的中年男子，會多望一兩眼。

九

她推開睡房的窗，讓風吹進來。白色窗紗潑上數株淡紅蓮花，給風吹得起伏，宛如蓮花池水在流轉。她小時候聽過收音機播出的一首小調：**荷花香，新月上，荷花愛着素衣裳；花香哪得千日豔，桃花結子便枯黃。**那一把嬌豔的女聲，有一段沒一段，從人家的露臺，從雜貨店，從裁縫店的收音機流瀉出來，隨風在城市半空散開去。

她恍恍惚惚睡着了。

街角一個小販在叫賣：「好甜荔枝哇！好甜荔枝哇！」果攤堆滿初夏的荔枝，鮮紅夾雜青綠。青綠是荔枝的葉子。

八

她十八歲中學畢業便在一間設計公司當文員，有餘錢去學她自幼想學的鋼琴。每個週末傍晚，她乘電車往鋼琴導師的家上課。她跳下電車，慢慢向他的住宅走去，太陽低低的，影子很淡很長。然後她看見他的家，露臺晾曬他的衣物，灰色和黑色的西褲，白色和淺藍的襯衫。

他的家很近碼頭，玻璃窗外是海港的景色，輪船、帆船、遊艇、木艇航過這邊來，航過那邊去。有時一些輪船駛得很近，近得她可以看見船上的乘客，船上的乘客大概也看見屋內的她和他，她覺得彷彿自己也在船上，在海港漂浮。

他的家瀰漫一股香煙的味道，當他靠近她，嗅到他身上的肥皂香氣。他觸摸她的手指時，她感覺到他的心在戰慄。但她感覺他很陌生似的，他離開這個城市十多年，回來才大半年。他離棄這個城市這麼多年，過去他曾觀賞多少次海港上空的煙花？

七

有一天她站在商店的帳篷下等候巴士回家，發覺右邊的候車人群其中的一個是鋼琴導師。她正考慮是否應該走上前向他打個招呼，一輛巴士靠站，他緊盯巴士向前走，他在她面前經過，但沒看見她。她看着他上巴士，看着巴士離去。巴士的終站是他家附近的碼頭。

她上了回家的巴士，坐在靠窗處，呆看街上來來往往的行人。她想，假如她沒跟他學習鋼琴，他只是街上其中一個陌生人罷了。

六

一個傍晚，她正在鋼琴導師的家上課，屋內只有叮叮咚咚的鋼琴聲。突然，屋外似是灑落一把一把沙石，她往窗外看，原來落下豆大的雨，風翻起，雨點吹進屋裏，也把放在鋼琴架上的樂譜吹翻。他立即走去關窗，她也走去關上另一扇窗。強風和暴雨被關在窗戶外，屋內回復平靜。窗外的城市在突襲的豪雨下一片混亂，樓房的住客忙亂收下晾曬在露臺的衣物，街上的行人和小販奔走找避雨的地方，商店的帳篷下很快聚滿幢幢的人影。馬路的積水開始泛濫。

五

她看着城市；他看着她。

四

雨，很久仍未停止，他留她在家裏，一起聽他最喜歡的鋼琴唱片。

她乘電車回家，馬路兩邊的積水已大大減退，街道再次擠滿行人和小販，城市恢復驟雨前的狀態。她坐在電車上層，雨後吹來的風特別清涼。

這晚她回家晚了，一轉過街角便看見母親站在露臺等候她回來。她走上樓梯，母親早已給她打開門。

三

她越來越多時候留在導師的家裏聽唱片，也開始和他一起去聽音樂會。夏天將盡，他要往城市鄰近的大陸一趟。

他上船往大陸前，他和她在碼頭附近的餐室吃飯。坐在餐室清靜的角落，可以看見碼頭，有些船停泊在這個城市，有些船駛離這個城市。這天天色晴朗，風浪不大。她不時張望在碼頭工作的水手，他們都穿深藍水手服，膚色黝黑。

餐室的蛋撻剛出爐，他買了半打。他拿起兩件放入紙袋，準備在船上吃，留下四件在紙盒裏，着她帶回家。

她乘電車回家，盛載蛋撻的白色紙盒放在膝上仍感到微溫。看一看手錶，他的船該離開碼頭了。

電車緩慢向她的家駛去。

二

他乘搭的火車經過她母親出生的鄉鎮，他下車買了一籃荔枝。他回到城市，拎着荔枝去造訪她。她母親見到他，很高興，弄了一頓豐富晚飯。

他們在澄黃的燈光下吃飯。

他離去時，她和母親站在露臺，一直看着他在冰藍的街燈下漸漸遠去，然後在街角消失。

一

她和母親坐在露臺吃荔枝。母親說家鄉的荔枝特別清甜，果核也特別細。母親吃了很多，桌上很快堆滿鮮紅的荔枝皮、棕黑果核。夏天快要過去。

她感覺這晚天色似乎特別明亮，抬頭看，呀，夜空一個滿月。

〇

她將和母親和一個男人住在城市。

原刊《香港文學》第一九一期，二〇〇〇年十一月

蜻蜓與夏

珊瑚說，某年暑假的一個下午，她坐在湖邊讀詩，蜻蜓在湖面飛高飛低。她念着路易思寶槿的〈蜻蜓〉，初中時曾經讀過，當時覺得題旨是關於生與死。不過，那個下午，她看見湖上飛舞的蜻蜓，突然對這首詩有另一個詮釋，它是描述夏日戀情。不是嗎？夏天，蜻蜓在湖水與草叢之間翱翔，尋找愛情；夏季過後，蜻蜓消失無影無蹤，一如夏日開始的戀情，熾熱的感覺在季節過後消逝了。珊瑚向我背誦數行詩句。**疾飛入日晝。／然而，當風把草叢吹得扁平／你存在的目的和意義終結。／隕落／與其它的夏天的蛻殼。**我想，夏天是蜻蜓以及戀愛的季節，〈蜻蜓與夏〉，可以是關於夏天和戀愛的故事的名字。

珊瑚是我在大學的室友，英文系研究生，眸子泛着對愛情和將來生活的憧憬。一個陽光和煦的下午，我和珊瑚臥在校園的草地上曬太陽。北美洲的初夏，風勢依然強勁，把我們的頭髮吹亂。我看着珊瑚，想像她中學時期坐在湖邊念詩的畫面。那是她高中時代最後的暑假吧，十七、八歲的年紀，長至及肩的淺棕色直髮，比她現在的頭髮稍長一點。她該穿上碎花背心長裙，水藍或玫瑰紅，與夏天的湖光山色渾成一片。風一陣一陣吹來，她的長髮、裙襬飛揚，與湖面的漣漪同樣的韻律。湖面是點點飛躍的蜻蜓。太陽下去了，她感覺有點涼，闔上詩集離去。她回頭看，湖面上的蜻蜓完全消失，不知飛往哪裏去了。我看着珊瑚，想像着。

我問珊瑚，她高中最後的暑假，是否發生一段戀情？她說沒有啊。她的男朋友多是在冬季認識，也多在冬季分手。她上一個男朋友是在剛過去的冬季分手。她房間內唯一的盆栽，長春籐，便是以她前度男友為名，卡其。（珊瑚還有一隻狗喚作鸚鵡。）我告訴珊瑚我的一段夏日戀情。是的，它在夏天發生，可是夏天還未過去便已完結。其實它只存在一個夏天下午，大約由中午十二時開始，在傍晚七時結束。

那是一個曾經盛極一時的古城，古城的名字經常出現在遠古的愛情故事。最膾炙人口的故事，一個男人在眾人面前刺斃他心愛的女人，因為她誘惑他，令他愛上她，然後拋棄他。二十歲的夏天，我來到古城遊覽，在快要離開古城的中午，我在城中的廣場遇上一個踩腳踏車的少年。我坐在他的腳踏車的後座往他的家去，腳踏車沿兩邊栽滿鮮豔花朵的運河走。他的母親在家，她為他和我弄了兩份午餐。吃過午飯，他和我坐在客廳的沙發，向着有風吹來的露臺，我喝他為我做的果汁。他抽煙，地板上放着煙灰盅、蝴蝶圖案的火柴盒。他給我看他的照片，他畫的裸女，他的收藏品。向晚時分，我坐在他的腳踏車的後座去火車站。我們在月臺吻別，火車上的乘客向我們吹口哨。我上了火車，靠在車廂的玻璃窗，看着月臺上的他看着我離去。火車慢慢離開古城，我亦離開古城。火車明天會回來，但我不會了。之後，我和他並沒有通信，雖然我們交換了地址。我後悔沒有向他要那個蝴蝶圖案的火柴盒，作為這段戀情的一個確實的紀錄。很多時候，我懷疑那天中午我真的在廣場遇上一個少年嗎？或許這是我在廣場的長椅上假寐時一個仲夏之夢。甚至，只是我呆坐在廣場幻想出來的浪漫邂逅吧。

我說出故事時，看見藍天與綠地之間，冬青向我們這方走來，這天他穿上慣常的水藍色襯衫。珊瑚喜歡冬青。去年底她和朋友在郊外觀看流星雨，冬青和他的朋友也在，她的一個朋友恰巧也是他的朋友，於是她和他認識了。那時她剛和男朋友分手。珊瑚在舞會遇上他三數次，漸漸喜歡上他。冬青是我的美術史課的助教，在課室外跟其他大學生無異，在課室內卻很有魅力，說話充滿智慧和幽默感。他走到我和珊瑚面前，向我們打招呼，問我們這天幹些什麼，閒聊數句便離開，他要往美術圖書館去。

冬青走後，珊瑚着急的問我：「妳看看，我的臉是否通紅？剛才我的心跳得很厲害，我不要他知道我喜歡他。為什麼他已經有女朋友？為什麼啊？如果他沒有，我會勇敢一點。」

「妳見過他的女朋友沒有？我經常聽到班上的同學說他有女朋友，不過從沒有人說過她的頭髮是什麼顏色。」

「聽說他的女朋友在另一個城市工作，他們在高中時候認識的。」

「那只是傳聞，我總是聽到很多傳聞。」

「妳不相信他有女朋友？」

「我只可以假設他有女朋友，就算他真的有個在別個城市工作的女友，可能下星期他會跟她分手，誰知道呢？」

「妳在鼓勵我吧。我跟他恐怕很渺茫，這個學期他便念完碩士，剩下不夠三個星期。」

「那麼還不快找機會接近他？他走後不要後悔。我要回去溫習了，我快在草地上睡着發夢。」

珊瑚留在草地上念詩，我走過新月路回宿舍去。樹木的影子投在午後的小路上，我踏在婆娑的樹影，宛如踏進樹的夢鄉裏。我記起，一個月前，我乘校巴往校園，巴士向右轉入書店前的車站，我看見冬青由書店右方的新月路走出來。那是大清早，於是我猜他是住在新月路或附近的地方。新月路兩旁全是別緻的房子，屋前有小花園，栽滿紫色和黃色的蘭花。有些房子的窗簾打開，可以看見房間內的吊扇、檯燈、書櫃、小盆栽。每當我在新月路上走，都想像冬青在某幢房子某個房間裏寫他的論文。我走着，路上空無一人，寂靜一片，只有樹梢的雀鳥在啁啾，我走着，宛如正走入他的內心世界。然後，一個短髮少女踩腳踏車迎面而來，她半躍起身體，雙腳有韻律的踩腳踏，姿勢恍如在腳踏車上跳舞。我想，我要把這一刻寫進〈蜻蜓與夏〉裏。

向西的落地玻璃窗的百葉簾樹影浮動，我知道已經是六點鐘了，我竟然睡過了時候，錯過下午冬青給我們的美術史溫習課。珊瑚總是埋怨沒機會遇上冬青，我則是有機會卻錯過了。我對冬青的感覺跟珊瑚不同，他是這個學期我最喜歡的導師罷了，下個學期我會有另一個喜歡的導師。我賴在牀上，看着百葉簾上的樹影，風吹來，樹影搖曳如一種舞蹈。我看着，直至樹影與窗外的天色混成一片。這是大考前一天的夜晚。

大考最後一天，最後一科是美術史。考試還未完畢，冬青便走出課室離去，留下教授在監考。過了一刻，我交上試卷，走出課室，走出美術館，看見冬青在門外跟一個學生交談。我經過，冬青對我說，祝我有個愉快的暑假，我亦祝他有個愉快的暑假。我向前走，我不知要往哪裏去，要做些什麼，不過我還是如常在巴士站停下來候車。不久，冬青經過，他沒看見我。我看着他的背影，這該是我最後一次看見他了。然後，我跟在他背後走。我奇怪他為什麼不向新月路走，而是相反的方向。走了一段直路，他右轉入往山下的一條小路，小路越下越傾斜，茂密的樹木阻擋我的視線，看不到他轉入哪一條橫徑。我橫過小路向前遠望，看不見他的身影了。再見。我看一看手錶，這是五月十二日下午五時十分，在之前的五分鐘，我一直看着他的背影。我記下這個時刻，像記住那個古城的下午。這是學生的住宅區，今天是個好天氣，學生都走出屋外，躺在屋前的小花園曬太陽。

隔一天，星期五傍晚，珊瑚準備去朋友的舞會慶祝大考完畢，冬青也會去，她叫我一起參加，我說不了，我有一些事情要做。我順便問她，冬青是否住在新月路？她說，似乎不是。這晚珊瑚穿上一襲銀灰吊帶短裙，襯上黑色細跟涼鞋，塗上貝殼粉紅色寇丹。「把握機會啊！」我對她說。她帶着笑臉出門。

我坐在書桌前，這晚該是開始寫〈蜻蜓與夏〉的時候。這個下午，我在校園蹓躂，捕捉夏日的感覺——掛在屋簷的風鈴，屋子空掉了，風鈴仍在風中叮叮作響；木棉絮在空中飛舞，宛如冬天下雪的景象；在酷熱的陽光蒸騰的桂花香。我折下兩支桂花，放入小玻璃瓶子，盛了半瓶子清水，放在書桌上。

◎

〈蜻蜓〉

——路易思寶槿

似乎由虛無構成
然而一切足夠
偌大眼睛
透明疊翼；
沒休止的活動
無盡渴求着
搏鬥的愛。

徘徊於水與空氣之間
陸地驅逐你。
光觸摸你唯求化為彩虹之色

在你身軀及翅膀上。
重生的，獵物者
撲進赤熱中。
掠過計算或俘獲以外
向黑暗飛馳
黑暗把你吞噬。

疾飛入日晝。
然而，當風把草叢吹得扁平
你存在的目的和意義終結。

隕落

與其它的夏天的蜕殼。

◎

蜻蜓與夏

她坐在湖邊念詩，十八歲的初夏下午。蜻蜓在湖上飛舞。陽光從蜻蜓透明的翅膀反射出來，宛如點點閃爍的星宿。日落，風勢強了，她闔上詩集。所有蜻蜓不見了，牠們哪裏去了？她回家去。他在新月路，在有落地玻璃門的房間裏。日落，風勢強了，投在百葉簾上的樹影狂亂，如一種舞蹈。在一個舞會，她遇見他，在夏季剛開始的時候。他們傍在露臺的欄杆談話，可以看見新月路。夜空一彎新月。他們喝混合熱情果的珊瑚紅色的冷飲。她身穿水藍色印有珊瑚紅碎花的吊帶短裙。他的襯衣的顏色是初夏下午的湖水藍。

他是一個湖。站在露臺也覺得酷熱的夜晚，把他倆已往的戀情的記憶沉澱蒸發掉了。他從襯衫口袋掏出一包香煙和一盒火柴。他點燃香煙，抽了一口。白煙後的臉孔模糊了，溶掉入背後的夏天夜色裏。香煙和火柴擱在小茶几上。她拿起火柴盒看，是城中一間咖啡館的火柴盒，上面印有蜻蜓圖案。蜻蜓在湖面飛高飛低。在室內跳舞的男男女女是水和草之間的蜻蜓。她問他可否給她火柴盒當作紀念品？她帶着火柴盒回家去。她把火柴盒放在盒子裏，一個放有她以往愛情的紀念品的盒子。書籤，信件，鎖匙扣，照片。他給她看兒時的照片，在他們認識一星期後。她喜歡那些照片。他是個赤裸裸嬰兒。他是個掛上大笑臉的小孩。他背書包上學去。他踩腳踏車。他與高中時期的女朋友，她問，她現在怎麼了？他說，畢業後便分開，只知道她在另一個城市工作。他在高中的畢業典禮。他在新月路的住宅。她比他年輕三歲，她出生那年他是個掛上大笑臉的小孩。她七歲時，他十歲，他的外祖父母送他一輛腳踏車作生日禮物。兩年後外祖父母在交通意外死了，他哭了。他哭的時候，她九歲，她希望已經認識他，可以在他身邊安慰他。她九歲時發生什麼事？她養了一隻狗，她叫牠鷴鵡。她記起她離家來大學城念書時，鷴鵡的眼睛濕濕的。牠九歲了。她掛念牠，她從未如此這麼掛念牠。他擁着她說，我們通常最疼愛不在身邊的人。新月路上一個少年踩腳踏車像風掠過。他擁着她直至百葉簾上的樹影與夜空一色。樹影在太陽下去後便不見了，蜻蜓在夏天過後也不見了，牠們究竟往哪兒去？

珊瑚深夜一點鐘回來，她哭喪着臉說，冬青下星期一會離開大學城，去離這裏四小時飛機行程的城市念博士學位，那是他女朋友工作的城市。珊瑚說，他有女朋友也好，沒有也好，他都要離開了。而她打算下星期回家度暑假，那是離大學城六小時車程的湖區。珊瑚問我暑假有什麼計畫，我答，沒有，或許整個假期都留在大學城打散工。

珊瑚沐浴時，我重讀剛才草寫的故事初稿，我不清楚故事該如何發展下去，可能待珊瑚假期回來，看她會否遇上新的戀情，才能繼續構想她的故事。可是，我可以構想故事的結局，我伏在牀上，斷斷續續寫下結尾的段落。

……這是他在新月路最後的夏季，他快要往遠方的城市去。她說，她會想念他。他說，他同樣會想念她，他會在遠方的城市寄給她明信片。她駕車送他去機場。再見啊。她獨自駕車由機場回來，晴空劃過一條長長的飛機雲，傍晚的北斗星在她右方。兩個星期後，她收到他從遠方寄來的明信片。她把明信片放進盒子裏，與蜻蜓圖案的火柴盒，以及〈蜻蜓〉放在一處。盒子裏是這個夏天的回憶。回憶，是蜻蜓在夏天過後翺翔的地方。

原刊《作家》第八期，二〇〇〇年十二月

於斯

近來生活可好？

已有一段日子，在大廈的升降機內，在往返地鐵站的路上，沒遇見妳。星期日下午的快餐廳裏，也沒遇見妳的母親。有次我出門，在等候升降機的時候，看着樓層顯示器的數字在妳們居住的那一層停下，接着跳動向下，機門在我面前打開，內裏卻空無一人。一種想法跳出來，妳們一家是否搬走了？妳們離開的時候，也許我正坐在沙發上無所事事，我背後的玻璃窗外的街道，一輛貨車繞過，車上載滿妳們的傢具電器衣物，向城市另一方駛去。妳們不需要的雜物，遺棄在丟空的房子裏，在我家的樓上。

或許，明天，我會再遇上妳。晚飯過後，社區的琥珀色冰藍色的燈光在暮色裏散落，妳的男朋友拖住妳的手，一起穿過斑馬線上迎面而來的人群，穿過地鐵站走出來的人群，向繁榮熱鬧的地方走去。商場一帶五彩十色的霓虹光管閃爍，背後是城市的混濁夜空。你們在商場消磨晚上的悠閒時光，冷氣涼涼吹在身上，輕音樂流動，彩虹七色玻璃燈的雅緻西式餐廳，陣陣濃郁的咖啡氣味。你們經過百貨公司的傢具陳列室，坐在感覺舒適的沙發上，觸摸小巧的餐桌，玻璃桌面擱有綠意盎然的常春藤。你們幻想將來的家庭生活，溫馨幸福的感覺流溢。

也許，明天，在我常去的快餐廳裏，仍會看見妳的母親。一如往昔，她獨自坐着抽煙，沉潛在她的世界裏，越潛越深，那裏或許更荒蕪更寧靜，或許更繁華更熱鬧。

然後，我知道，原來妳們一家並沒有搬走，仍在我家樓上的某個房子過日子。關上家裏的電視機，大廈內外的聲浪頓時從四處湧進來，在屋內流轉，流轉的聲浪混雜妳們家的冷氣機隆隆聲，做飯剁肉餅的噔噔聲，妳們的閒話家常，洗濯用過的水沿水渠嘩啦嘩啦流下，升降機停在妳們居住那一層，發出響亮「噹」的一聲。

又或許，妳們真的已經遷走了。那麼，不知是否還有機會告訴妳，妳母親是我見過最漂亮的一個女子。她嫁給妳父親那天，我跑去看熱鬧，她身穿裙褂拾級登上樓梯間，我才知道這城市住着她這樣的一個女子。當我長大，到了她出嫁的年紀時，我正坐在新開張的快餐廳吃早餐，看見她走過商場的露天平臺。她挽着載有日報、麪包的透明膠袋走過，四周的人不會多看她一眼了。她的臉龐已找不到漂亮的痕跡，甚至曾經漂亮的痕跡，她似乎也忘記自己曾經年輕美麗。所以，我一直想找機會對妳說，給她知道仍有人記住她往昔的容顏。

妳母親在快餐廳裏抽煙的神態，跟她年輕的時候同一個模樣，那些日子確實存在過的。她經常身穿碎花棉布衫褲，倚在家門前走廊的欄杆向街外望，抽着煙。有時妳父親和她閒聊，有時她獨自一人。夜色昏暗，幹活的人陸續從鄰近的工業區回家，有時疏落，有時擁擠，如魚群一樣游回牠們出生的地方，三三兩兩，在她眼底的夜晚的街道走過。馬路上車輛嘎嘎駛過，街道一兩個小販挑擔叫賣宵夜：「裹蒸糭！裹蒸糭！」在我的回憶裏，街道寂靜無聲。

妳出生以後，她手抱襁褓的妳倚着欄杆看街景，那時代的人同時在妳眼下走過。

當時念中學的我天天走過同一條街道，那些日子，我的生活與普通的年輕人一樣，在舞會裏想認識其他的年輕人。開舞會的地方，餐桌上的玻璃盆子盛滿果汁雜飲，三四種不同的果汁混合做成，酸酸甜甜的味道。用小勺子盛一杯，櫻桃、菠蘿、柳橙的切粒從玻璃盆底浮上來，游上來，隨着汽水泡沫旋轉。絢麗七色在漩渦裏流動，這是妳出生的時代。當妳長大至高中的年紀，我在同區的新落成公屋大廈遇上妳，大堂擠滿等候升降機的住客，妳身上的雪白夏季校服裙，給街上斜曬進來的日光照亮。要是妳們家搬往他處，我便看不到妳成長的樣子了。妳十五六歲，朦朧的煙霧慢慢給陽光蒸發掉，置身當中的時代漸次清晰了。不過我成長的年代，於妳看來是渾沌一片，灰濛濛混雜華麗色澤，大海漩渦似地緩緩打轉。

有些事情我會常常記起，也想告訴妳，因為目睹這些事的人，大都已經去世或遷徙他方。要是妳仍住在這裏，妳走出我們居住的大廈，經過兩旁細葉榕的小徑，轉右走，橫過馬路，轉左走，走過一個小報攤，一個巴士站，便來到妳母親年輕的時候站在走廊眺望的街道。妳腳下的赭紅地磚行人道，是新鋪上的，不是以往我們走過的水泥地，偶爾踏到孩子用粉筆塗畫的跳飛機痕跡。到了長街的盡頭，來到我們舊居的原址。現今變成新穎的公共房屋，外牆擦上暖色調的粉漆，掛滿晾曬衣物，盆栽的枝葉蹦出露臺的欄杆。

妳從大廈靠山那邊繞過去，會看到一間幼稚園，課室的玻璃窗鑲嵌迪士尼人物的彩圖，旁邊的空地，很久很久以前，曾經躺着一個男子屍體。要是妳問父親有關這件事情，我想他記不起來了，妳母親也不會知道，她還未遷來這個社區。我要告訴妳這個男子的事情，因為妳是我唯一認識的，在此徙置區至今仍常碰見的舊鄰居。

然而，我對他這個人其實所知不多，我甚至不知道他姓甚名誰。在妳出生之前，他住在我們同一層樓走廊盡頭的一個單位，朝山那方。那天下午，他跑上大廈的天臺，在他所住的單位同一個位置，跳下去。我跟玩伴雙手抓住走廊的欄杆，爬高身子往街下看。灰白色水泥地上他的身體俯伏着，頭顱的血漿緩緩流出，隨着他越來越弱的氣息，一下一下滲出來，漸漸流成一灘血。然後，我看見一個女子嗚咽着直向他奔去，跑到他跟前，痛哭起來。這個似乎是他妻子或姐妹的女子，我曾經在洗濯間、廁所、樓梯間踫見過麼？

當我對妳述說這個男子的故事，一切似乎比當年來得更清晰更真實。隔了這許多個年頭，我仍希冀有天在我常去的快餐廳，從老一輩的閒聊裏，聽到一丁點有關那個男子的故事。那個女子，她還生活在這城市裏？午後我走到街上，身旁走過的哀傷模樣女子會是她麼？在地鐵車廂，她可就是擠在我身旁的矮小、瘦削女子？地鐵在城市地底交錯往來，載着我，還有那個女子，到達城市不同的區域。存活於我們記憶的那個男子，隨着我和她走過城市一條街道，又一條街道。

那個下午，他不想活下去了。穿在他身上的衣物看來是簇新的，那天可會是農曆新年前後的日子？街坊趕忙辦年貨，他穿過鬧烘烘的街市，挽住載有新衣服的雞皮紙袋，一步一步向前走，獨自走過街道，把人群遺留在背後。男子的屍體躺在水泥地上。嚴冬的傍晚妳在公園跑步，或會看到跌在路邊死去的麻雀，牠翅膀的羽毛潮濕。他的外套長褲鞋襪色澤都是灰灰黑黑，同水泥地、天色混成一片。我童年拍的生活照，背景天色就是那一種灰，天氣一樣陰寒。我四周的色調、聲音、景物都被蘸上薄薄的灰色。

我還小的時候，妳尚未出生的年代，這城市的天色總是陰霾。我經常獨自漫無目的在街上走，我害怕一個人留在家裏，尤其寒冷如那男子自殺的下午。我向社區外圍的地方一直走，有時我會去有訊號燈的小山崗，沿彎曲的路徑走到山頂看飛機，飛機一架一架往不遠處的機場降落。站在山崗放眼看，樓宇低低矮矮的，大半個香港市區在我眼底下，海港、浮在海港的渡輪、對岸的山巒、山巒上的樓房。行人和車輛緩慢前行，遠遠近近的街道寧靜而有生氣。那時我總想往下走往下走，走進眼下城市的街頭逛逛。

一個暴雨天，我撐住傘子往街外跑。雨點淅瀝拍打長街，我看見有兩個路人在我前面，一個走到街道半途，一個走在街尾，一男一女。他們都是上年紀的人，身穿那個年代的夏衣，深色調，寬闊的薄布衫褲，褲管給雨水打濕。他們向我這方走來，其中一個經過我身旁時，向我拋一句：「雨這麼大，還在街上走！」究竟說話的是那個近的還是那個遠的，是那個男還是那個女，我已無法想起。他從白濛濛的雨水中走出來，對那小女孩說了一句話，瞬間沒入雨水裏去。

那天，他們為什麼要走過這街道？要往哪裏去呢？他們，街道，一切一切籠罩在蒸騰的水氣中。我努力追憶那一個霧氣瀰漫的時代。我彷彿剛剛午睡醒來，回想我入睡時處身的一個世界。我睡午覺時仍意識到四周的聲響，鄰居開門閂門，走廊的腳步聲，談話聲，馬路的車聲，掘路工人鑽地聲，學生在公園打球的喧鬧。在我家向公園的街道，走着無業模樣的中年男子，上年紀的家庭主婦，推着嬰兒車的少婦，挽着手的退休夫婦，他們是在下午寂靜的街道閒逛的人。他們在街道的一端出現，以同樣緩慢的步伐走過，在街道另一端消失，他們消失的地方，又有一兩個路人出現。他們走過午睡時間的街道，妳不知他們從哪裏來，他們要往哪裏去。直至下課時間，一群中學男生闖入街道，直奔向公園的籃球場，街道起了一陣騷動。

我認得三四個走在午後街道的行人，他們不時會到我常去的快餐廳。快餐廳所在的地方，原本有條明渠流過。我仍記得，大雨天我上小學，浮沉在水渠的垃圾，當中總有孩子不小心掉落的拖鞋。現今我坐在快餐廳，每當看到窗外下大雨，仍有雙腳踏在洶湧水流裏的感覺。旁邊的休憩公園，六七株夾竹桃，經年開滿粉紅色的花，小鳥在樹頂跳來跳去。月亮升起，真會有小精靈出現在樹蔭的花叢中，直像童話圖書的插畫。休憩公園的位置，以前是一座舊式徙置大廈，地下是我就讀的小學。音樂課室外是街市，小販、行人熙熙攘攘。每當我們練習歌唱，街外常有路人透過磨砂玻璃窗駐足探看。校長的女兒給我們彈琴伴奏，天氣稍涼，她披上雪白的針織通花外套。

快餐廳下午最是嘈雜，街坊依時依候來吃下午茶，侃侃說起過去的日子，「以前……，以前……。」掏出年輕時候的照片給陌生人看，偶爾提及與他們在這城市生活的人的故事。他們談及的人物、地方，很多都消失了，這些名字如一粒一粒音符，滲進快餐廳的喧囂裏去。

我偶爾看見妳的母親獨自在抽煙。我總是想向鄰坐的陌生人說，看，那個女子，她年輕時很漂亮，她出嫁那天我親眼見過她的容貌。妳們抽屜裏的家庭相簿，妳拿出來翻翻，便看到妳父母親當天的結婚照片。她身上的裙衩，臉頰的胭脂，手握的一束劍蘭，映出層層深淺不一的殷紅。遠遠近近的鄰居都跑來看熱鬧，從來沒有這樣美麗的女子嫁進這座大廈來。翌日早晨，我經過公共洗濯間，看到她蹲在靠近晨光的所在，低頭洗碗碟。她的髮式略為鬆散，殘留昨天的喜氣。為什麼她會在這地方生活，而不是別的地方？

然後，有天，我在這間快餐廳吃早餐，看到妳母親在外邊走過，她整個人不覺變得憔悴了。那一段日子，日間處處聽到轟隆轟隆的打樁聲音，如一種流行舞蹈的強勁節奏。快要拆卸的舊大廈給大塊大塊的塑膠布蓋密，如幽靈躲藏在一排排殘舊的大廈後面。我們的老舊大廈，大半單位早已人去樓空。舊鄰居遷往哪裏繼續過活，我無法一一知道了。地下的學校、士多、茶餐廳、雜貨店、藥材店，一間接一間丟空，門窗釘上木條，門檻留下的舊招牌，隱約可見店鋪的名字。我生長的地方，正在沒入空寂的曠野。

我家正等候搬離殘舊破落的住處，遷往光潔明淨的地方。

我推開大門，踏進新的公屋單位，我在地板、牆壁、玻璃窗折射的日光中留連。看見獨立浴室、廚房、曬臺，憧憬未來的生活舒適、美好。我在睡房望出玻璃窗外，眼前一整片樹木茂密的公園。

我不時重返昔日居住的徙置大廈，在睡夢裏。我在白色的樓梯間、公共走廊奔跑，彷彿與兒時玩伴追逐，又彷彿被魍魎追趕。我在垃圾堆積的天井，尋找別人不小心掉下的洋娃娃時裝。我走進滿地糞便的公共廁所。在公共浴室雙腳插在髒水裏，水喉沙沙響着，不斷湧出水來，水線高過我的膝蓋了。

我扶住年邁有病的姑媽，在星期天早上的街道緩緩走着。我們想找一間徙置大廈地下的露天茶樓，吃廉價的點心。我們走着走着，仍然找不到我們曾光顧的茶樓，原來一間一間都結業了。周圍白茫茫光燦燦一片，我分不清我們走在刺眼的陽光底下，還是走在一片一棵樹也沒有的荒僻的土地上。這廢墟一樣的荒野，是我們一家搬來這徙置區時的景象？又或者，是我們社區重建，幢幢樓宇倒塌之後？

一個午後的夢，睡醒張開眼睛，室內滿溢曬進來的日光。姑媽過世很多年了。她的遺物當中，一個舊白色信封內藏有一片丁方的紅紙，上面毛筆字歪歪斜斜寫有她的姓氏她的名字，她的出生時辰。

一個初秋下午，我走過商場，來到商場外的「為食街」，從前這裏有很多熟食小店，現在大都結業了，殘留油煙氣味。我老遠便認到一個熟悉的身影。店鋪後的空地有幾張石凳給路人休息，他坐在其中一張，他面向的街道，正是我小時候常常獨自走過。道路的上空，再看不見飛機低低飛過，街聲也不再混雜轟隆隆的聲響。他看似趁天氣暖和出來閒坐，曬曬太陽。我走近，便察覺他身上的衣服有點陳舊。他揹住兩個大布袋，一個揹在前面，一個揹在後面。我想，內裏放着的是他全部的家當，冷天要穿的棉外套、要蓋的棉被之類。他看見我，他認得我，臉上泛起一刻的欣喜，意想不到竟然遇見一個舊鄰居，又像是很高興一個親友特意前來，問他近況如何，想知道他生活可好。不過一瞬間，他臉上的喜悅消失，化為尷尬的模樣，他避開我的目光，回復他原來呆坐曬太陽的樣子。當時我是這樣想的，於是我佯裝不認識他走過，彷彿他是一個陌路人，我就這樣走過了。其後，我回想當時的情形，他覺得尷尬，是他以為認錯人麼？是我的目光不像他一樣喜悅，我把他當作完全不認識的人麼？

過了兩三天，我沿社區邊緣的街道走，再次看見他。他坐在石椅上打盹，頭垂下快貼到胸口。他打盹的時候仍把兩個大布袋一前一後揹着，似乎這個世界他只剩下這兩袋東西。他的骨架比以前更形單薄。日光在他身上照得特別輕，怕打擾他打盹似的。他恍似身處在荒涼寂靜的街道，自覺沒有誰會在意這麼一個人。即使他郁動身體，衣服也不會發出微弱悉悉聲。

要是沒遇見他，我根本記不起，多年前曾有這樣一個鄰居，與我們住在同一層樓十數年。我問母親：「妳記不記得住七層徙置大廈時，一個矮矮瘦瘦的獨身男人，住在我們那層最角落的單位？我最近在街上遇見他。」無論我如何形容，母親始終記不起這個人了。妳是否還記得我們這個舊鄰居呢？他的目光總是和善，似是一個非常疼愛子女的父親，可是他沒妻子沒兒女。妳一定見過他，妳小時候經常和玩伴在三樓走廊梯間留連，妳不怕生常常走進陌生的人家玩耍。

妳母親嫁進來之前，他已在此居住了麼？我記不起了。他從哪處搬來的呢？他獨自把家當搬來，那個晚上開始，他在這區的一個單位過日子。除了毗鄰的人家，恐怕沒其他人注意這個人在這裏居住下來，也沒察覺附近的街道多了他的身影。那個單位便是跳樓自殺男子空出來的。男子的屍體躺在灰白的水泥地上，這情景已過去四五年，或許六七年了，當天痛哭的女子帶走他遺留的東西。我相信有鄰居告訴獨身男子，單位的舊住客跳樓自殺的。他仍然住下來，生活了二十年，直到大廈重建，住客要遷出最後的限期那天。徙置大廈只剩下零星的燈光，是還未搬走的人亮的。

我聽過他在公共洗濯間和鄰居打招呼，他的聲線溫和，他不懂發怒，從來不會得罪人家似的。他身材矮小，身形單薄，些微駝背。他的模樣像是在小型工廠幹雜工，老闆或工人使喚他幹什麼，他便幹什麼，打掃地方，搬運東西，購買雜物。他帶去的飯壺、水杯、面巾、肥皂，收藏在工廠最隱蔽的角落，唯恐霸佔人家地方而令人不高興。天剛發亮，他走出大廈，順着疏疏落落的人群，沿坡道走過公園，走到我們社區鄰近的工業區去。傍晚時分，他沿斜坡回到居住的單位，那是妳母親年輕時眼底的街道。未到六時，公共洗濯間的燈泡還未亮，他在昏暗中洗米洗菜。回到自己的住所做飯，然後望住窗外一口一口的吃，街外有時嘈雜有時寂靜。

因為遇上他，十數年前舊居的記憶浮現，在破碎零亂的片段中，我嘗試把他的影像尋找出來。我再次回憶起當年回家的道路。我從地下走上三樓，經過公共廁所，向左轉，來到公共洗濯間。他在昏暗中洗濯，每當有腳步聲，他便停下來看看是誰經過，他的眼神親切，猶如看見家人下班回來。那天，他呆坐熟食店後的空地，看見我的時候，依然是那一種眼神。我們恍似一同回到舊居的日子，他在洗濯間，而我下班走過。

這個鄰居，一直是我們各自生活背後的底色。當我記起妳母親在樓梯間逗妳玩耍，而在大廈向山那一方，他同時呆立，看對面大廈人家的生活，聽別的單位流出來的電視聲浪。我也立在走廊，拿住手提收音機聽晚上的流行音樂節目，等待電臺播出我喜愛的歌曲。要是當時有路人望上來，會看到這一層樓的走廊同時有兩個人影。放假的日子，我趕快出外遊玩，跑下樓梯級，他正走上來。他剛從街市回來，手挽一紮蔬菜，在日光曬進來的樓梯間拾級而上，和我擦身而過。這個時候，或許妳們一家在附近的茶樓吃早點，妳父母親閱讀星期日週刊。午後，妳們家和鄰居搓麻將，喝啤酒喝汽水。他會抓一張椅子放在門外的走廊，坐上大半天，遇上相熟的鄰居便聊聊天。那個時候，我正和同事一起在離島看風景，回程時，在碼頭附近的酒家吃海鮮。返到大廈，家家戶戶的活動都靜下來。我收拾東西時，才發覺帶去的帽子不知在哪裏丟失了。

小時候的假日，我走上雷達山頂看城市。我一直覺得當時眼底的城市，是屬於妳父母時代的年輕人，他們的步伐總是不慌不忙，走過鬧市。那時代的街道，還有一個中年男子踽踽獨行，他以和悅的眼神觀看走在周圍的路人。馬路上一輛單層巴士駛過，巴士上妳父母與其他乘客擠在一起，他們談話的絮語，隨着巴士駛過一條又一條繁盛街道之間消失。巴士的玻璃窗外，土黃色的水泥路牌掠過，五六十年代的風格，鑲嵌在四五十年歷史的學校磚牆上。街道的兩旁，學校一間挨着一間，園內樹木扶疏，樹蔭的影子在地上搖晃。是的，是這樣的一條街道，那個眼神和悅的男子，和周圍的人一樣帶着憧憬走過。

我怎能確定妳們一家已經遷走呢？可能，要到某天，我獨自走在陌生的私人屋苑，我給一排排高聳的樓房包圍，樓房一個個窗框緊閉，窗紗放下，內裏是否有人呢？偶有路人走過，我聽到有人喊我一聲姐姐，妳站在面前，只有妳從小到大一直喊我姐姐，沒有別的人了。我們站在街心談近況，妳的背後，遠遠近近的樹蔭陽光閃爍，妳的臉孔一如住昔開朗。然後，這原本是陌生的街道，隨着日子一天一天過去，會在我回憶中浮現，甚至有天倒映成午後的夢境。

告訴妳，我曾在相似的情境，在我們社區邊緣的一條街道，遇到一個舊同事。我們很多年沒聯絡了。那天，她沒有看見我，她低頭看着地面在沉思默想，從一棵青翠的樹蔭下走去另一棵青翠的樹蔭下。我轉頭看她一眼，她依然看着地面走，前面的地方空曠曠，她似乎沒有目的走着。她是我中學畢業後第一份工作認識的同事。在公司的聖誕聯歡會，她身穿織花粗毛衣、上寬下窄的牛仔褲，是剛剛流行的款式。她依照當時的風格，把毛衣套到褲頭裏，束一條粗皮帶。她拿住一杯果汁雜飲，靜靜靠牆想東西，她會是一個追求美好生活的女子。聖誕樹的燈飾映照她的臉龐，令人泛起對她這樣的年輕人的憧憬。恆久的愛情、幸福的生活，在她身上是可以實現的。我這位舊同事，在聖誕節過後不久結婚了。

與她在社區偶遇的那天，我站在路中心轉頭看她，她叫什麼名字呢？我忘記了。附近傳來叮叮噹噹的樂聲，我聽到路上的孩子的聲音：「是不是雪糕車？是不是雪糕車？」賣雪糕的流動車很久沒來過了，這地方的街聲早已失去它的音樂。那叮叮噹噹的樂聲，是從教堂傳來，教堂那塊地方原是雜草叢生的荒地，給東倒西歪的鐵絲網重重圍繞，草叢堆裏突然晃動，竄出一頭野狼狗。

我沿路繼續向前走，一陣歡呼聲從不遠處傳來。公園的球場鐵絲網外不少人在圍觀，場上一群高大健壯的外籍中學女生在打曲棍球。她們身穿醒目的制服，有的短髮，有的紮馬尾，手握球棍在草地上奔跑，在教練的吆喝聲中，蜂擁追趕着球，打球，傳球。草地上她們跟隨球在跑，短裙隨她們躍動的腳步掀動。她們呼喊隊友的名字，傳了一個好球，歡叫起來。

我走着，我仍竭力想記起她的名字。我彷彿聽到悠揚的聖誕歌曲從聯歡會傳來，長桌上擺滿食物和飲品，聖誕紅放在牆邊，抽獎禮物堆在聖誕樹下，她靠在聖誕樹旁邊。我在一旁看着上級同事聚在一起，他們都穿整齊筆挺的西服，我感覺自己仍是個穿校服的中學生。她比我年長幾歲，我時時留意她的舉動，見她用垃圾袋執拾用過的紙杯紙碟，我趕忙去幫忙。我聽到她和同事閒談，她的名字，從他們的説話吐出來，在錄音機傳來的聖誕歌曲音樂裏，在掛滿金色銀色紅色閃亮彩紙的天花底下。

原刊《城市文藝》第十期，二〇〇六年十一月
二〇一八年七月修訂

一切安好

有一段很長很長的日子，從我上小學到中學畢業開始工作，我家住在舊式的七層徙置大廈裏一個打通單位。在這長及一代人的光陰裏，隱約有一段不長不短的時間，我居住的社區由一種狀況漸次轉往另一種狀況。我記不清從哪年開始，於哪年結束，我感覺是有這麼的一段時光存在，大概兩三年，也許四五年，甚至六七年吧。這隱隱存在於過去的感覺，如同看見舊照裏自己身上的裙子鞋子，才記起原來我曾擁有這些時尚的衣物，都是從我愛去的精品店添購的。若不是當天穿上來拍照，根本渾然不知它們曾經是自己生活的一部份，與我在這座城市在那座城市的街道走過。那些衣物早已丟棄，沒法觸摸它們的實體，嗅嗅它們的氣息，它們依存在我的舊照片裏。在與我同齡的人的時代裏，曾經有這麼的一段年月流過來，然後流過去。原來人煙稠密的空間，嘈雜沉下去沉下去，寂靜滲透進來，擴散。星期日及公眾假期，對面的徙置大廈喜愛音樂的青年的家裏，再不會傳來震天響的流行歌曲，節奏強而快的跳舞音樂，鄰居一家人在走廊打麻將的嘈雜聲開始減退。日復一日，一個挨一個單位空置了，夜晚，一框框像瞎了的眼珠。

他們把家搬走，沒有把他們的寵物一同帶走，區內的野狗野貓驟增。我一直記得從收音機聽來的故事，一個聽眾打電話到電臺的節目說，他的朋友要把養的狗丟棄，他帶牠上巴士去，然後把牠遺棄在途中一個巴士站。隔了數天，那人乘巴士無意經過，看見他那條狗還在巴士站徘徊不走，等候主人帶牠回家去。牠已瘦骨嶙峋，剩下一副骨架子，一直沒得吃沒得喝沒得好睡的樣子，發瘋似地在打轉。

說回我居住的街區，給人遺棄的貓貓狗狗在樓梯間走廊裏徘徊，走過牠們主人以往出入的地方。半夜，野狗在吠野貓在叫，有時狗和狗打架，有時貓和貓爭吵，又有時貓狗大戰。不少人在睡夢中給吵醒，然後開燈順便去一趟廁所方便解決，再上牀睡覺去。狗吠幾聲就安靜下來，野貓可以叫上大半個夜晚，打擾我的好夢，我是沒法喜歡貓的。不過聽到貓捉老鼠，然後傳來一聲尖叫，我在朦朧的睡夢裏還是感到痛快，感激那隻勇武的貓。清早走過大廈的天井，我看見伏在溝渠旁，是不知給什麼動物抓死的野貓的屍骸。站在一旁看着我走過的男人，臉露猥瑣的笑容說，貓是給老鼠咬死的。

老鼠的數目多了，體型也胖了，牠們在溝渠裏在空置單位內亂竄。以往看見老鼠便追打的少年跟隨他們的父母遷走了。以前的情況是這樣的，天井裏不知哪裏竄出一隻不知死活的大老鼠，給一個無所事事正在發悶的少年發覺，他立即抓起擱在地上的木棍追打，他的兄弟聽見便蜂擁出來，或抓起掃帚或抓起鐵支，一幫人追打着老鼠：「嗦嘓度！」叫囂聲吆喝聲混成一片。他們異常興奮，跟隨老鼠在天井團團轉，像玩一個緊張刺激的兵追賊遊戲似的，而這個遊戲是突如其來，可遇不可求。他們人多勢眾，有氣有力，穩操勝券。站在樓上觀看的人搖旗吶喊，「嘩，好X大隻老鼠！」「打死佢！」

「一棍打X死佢！」老鼠便給一幫少年亂棍打死了，他們把老鼠的尾巴抽得高高來示眾，血肉模糊的一團就是剛才死命逃跑的東西。要是老鼠給活生生捉到，還有好戲在後頭。天井走出一個成年男人，他從家裏拿出熱水瓶來，向困住老鼠的鐵籠走去，氣勢直如一齣戲劇裏的大英雄踏上舞臺。這男人通常是打老鼠隊伍當中一個少年的父親，一身街坊裝束，有破洞的白背心，褲腳磨破的粗布短褲，腳踏人字拖鞋，打牌賭馬喝酒是他的嗜好。他提起熱水瓶就把滾水向老鼠頭上澆，老鼠在籠裏滾動尖叫，濕漉漉的短毛蒸騰起熱氣。打老鼠的隊伍，立在走廊和天井圍觀的人，他們都面帶笑容觀看，這十來分鐘的追逐遊戲滿足了他們的官能，如同看了一齣緊張刺激的好戲，而且是免費的。

一隻老鼠死了，還有很多很多老鼠活着。牠們從街道的溝渠，從茶樓茶餐廳的廚房，沿着污水渠爬上來，我曾見到老鼠三五成羣在水渠外爬上爬落，像一家人在遊樂場玩耍，有些肥大的老鼠抓不緊水渠，乘滑梯似的滑跌地上。街區的四方八面，總有老鼠從漆黑處竄出來，而漆黑的地方總有老鼠在竄動。牠們不怕人，在人家居住的地方亂走找東西吃。

夏天深夜，家裏的吊扇、坐檯風扇全部開動，我們給風扇的悶風吹着迷糊入睡。風扇的呼呼聲響，裝飾着細碎的吱吱聲，是老鼠噬咬東西，磨牙的聲音。老鼠趁我們睡覺時，偷偷穿過窗花、鐵閘到廚房找吃的。牠們甚至懂得用腳爪打開碗櫃，爭吃放在裏面的飯菜，碟子碰撞得呯呯作響。突然，像大鈸平擊，宣佈一齣熱鬧喜慶廣東大戲開場，「嗆！」的一聲響，整整一碟飯菜給牠們打翻在地上。父親給吵醒，心神煩躁，在牀上轉過身來朝外，大喝：「走呀，死老鼠！」那些老鼠像做錯事的小孩，給大人罵了一頓，也懂得靜下來。夜晚還未過去，沉寂了半刻，牠們又回來，爭吃廚房倒在地上的飯菜。這回父親一邊罵一邊起牀，亂摸按亮吊在廚房的燈泡，老鼠見光就溜出鐵閘逃之夭夭，父親還作勢抓起掃帚向鐵閘打去：「死老鼠，走去死，死老鼠！」然後關燈上牀睡覺去。四周稍為寧靜下來，似乎一切也靜下來了。放在碗櫃裏的飯菜，有些是我們晚飯吃剩，有些是新鮮，是母親準備明早帶去工廠吃的。天亮了，她要工作去，這趟她可沒有飯菜帶往工廠吃。

老鼠還吃舊布舊紙，我們掃地的時候，經常從牀底掃出牠們咬下的一堆碎屑。牠們還會咬人，有次不知誰午睡醒來，覺得腳趾赤痛，細看腳拇趾留下一個細細尖尖的齒印，似是給老鼠咬了一口。於是母親找來一個鐵籠，揀我們吃剩的菜梗，放在籠裏作餌，晚上我們入睡後，她把鐵籠放在廚房一角。大清早起牀倒水洗臉，很多時候看到鐵籠空空的，有時候，一隻半死半活的老鼠在掙扎。

母親也從藥房買來老鼠藥，白色粉末狀，分開幾份，用數隻小碟子放在廚房的角落處，放在牀底下靠牆的地方。聽說，老鼠吃了藥會感到相當口渴，牠們急忙找水喝，往往爬到水源附近就倒斃。大清早我走過街道，看見死老鼠伏在溝渠裏或溝渠旁，灰灰黑黑的，軟綿綿的一團東西，跟垃圾混雜成一堆，還以為是清道夫從溝渠挖出來的骯髒物。

家裏的情況是，某天某個時刻，父親一如往常坐在牀沿抽煙，然後不知向誰高聲道：「一大陣死老鼠味！我一入屋就聞到！你哋一個二個都聞唔到！」然後，要是當天誰有個空閒，便搬開牀底下的雜物看看。牀底下最暗黑的角落，伏着一隻死老鼠的屍體。屍體開始發脹，嘿，體型看來比牠活的時候更顯巨大，像一團黑糯米，上面附着無數細小的白色物體，忙亂蠕動。成千上萬的屍蟲在老鼠的身體上鑽動，一層疊一層又疊上一層，最頂的蠕蟲在你爭我奪的情況下給擠倒在地上，於是地上也有不少迷了路的蠕蟲爬動。看蠕蟲爭先恐後的情況，可知牠們在極度亢奮中，津津有味地吃着，我彷彿聽到牠們噬咬吞噬的聲音，窸窸窣窣。蠕蟲不斷從老鼠的腐體哺育出來，滋滋地響，放大來看，我想就像荒野在大雨過後，無數蚯蚓從濡濕的泥濘鑽出來的一片熱鬧景象。

家裏的老鼠開始減少，日間沒看見老鼠的影子，夜間沒聽見牠們的聲音。在街區流浪的貓貓狗狗依然不少，甚至越來越多，尤其是貓。長大了的貓不怕人，牠們走上大廈的樓梯間，走到樓層的走廊，呆呆不動直盯某處，在伺伏老鼠。有一兩隻野貓經常在我家的一層的走廊通道來回，牠們一看見人就架起防備的姿勢，走過的人其實不大理會這些野貓野狗，反正不少居民已遷走，這街區的人影更見疏落。野貓的數目其實不少，但仍未達到令人感到逼迫的程度，還有空間給牠們遊蕩，貓和人一起日出而作，日入而息。

我家依然狹窄擠迫，家裏的三張雙格牀，每格或睡一個或兩個人。有的日子，還要在僅餘的小片空間放下帆布牀，給姊姊她那些離家出走的朋友過夜，她們都是十七十八十九的年紀，在製衣廠幹活，衣飾和髮型都是最時髦。每張牀底下都塞滿雜物，老鼠少了以後，我們安心把更多雜物往裏面塞去。靠後門的一張牀下，專放破舊而捨不得丟棄的東西，粗麻布袋，生了鏽的鐵桶，諸如此類。當時是冬天呢還是夏天呢，我很渾噩，就在這張牀底下，雜物的空隙間，有一對動物的眼睛閃亮。是貓，一隻成年的貓，身軀全給黑暗包圍，只露出一雙眼睛，牠直看着我，閃了一下，防備的眼神。看得出這隻貓的體型頗碩大，我沒膽量搬開雜物看個究竟，否則真是想逼虎跳牆了，要是牠跳出來，我會嚇得半死。我在貓的跟前，佯裝我認為牠在這裏暫居是不打緊的，我故作鎮定，胡亂往牀底下找一找東西就立即走開，我坐到正在看電視的家人旁邊，好讓自己鎮定下來，也在他們面前佯裝，沒有什麼事情發生。

我很懷疑那頭貓偷住在我家已有一些日子。一天，一隻大貓穿過後門的鐵閘溜出去，牠的腳步鬼祟，很輕很短很快，得了手的小偷逃之夭夭似的。這隻黑斑白毛貓，樣子我是熟悉的，我見過牠多次給隔籬一家三四個大人趕出來。最刺激的一次，鄰家最年幼的妹妹，單獨一人和貓作戰。她和牠在門檻間互相使勁拉扯，她在門外半蹲半坐，雙腳撐地，雙手緊抓貓的前腿強行往外拉，死命要把貓扳出門外，牠跟她一樣，四條腿死撐着地，向相反方向拼命挨。她和牠拔河似地拉扯，雙方對望的眼神同樣惶惶然的，同樣一副理直氣壯的樣子。

鄰居一家成功了，白毛貓終於把竇從他們處遷往我家裏來。我們幾兄弟姊妹唯有學習鄰居趕貓的方法，一看見貓穿過鐵閘空隙滾進來，立即用掃帚用木棍把牠趕出去，要是牠躲閃成功，穿過我們的防線竄到牀下去，藏身在雜物裏，這回就算牠得勝了。有時我們把牠趕出後門，牠懂得在走廊兜個彎，從前門竄進來，一個箭步滾進牀下去，我們輸了。我們家的地形，牠完全熟悉了。

父親一直坐在牀沿抽煙，看見我們手忙腳亂，便說：「自來狗富，自來貓窮！」他特別強調「窮」一字，眼神語氣帶有蔑視，他這句話是衝着一家人說的。在他的日常談話，當他提起什麼人，一個鄰居，一個他工廠裏的同事，一個在香港或鄉下的親戚，甚至家裏當中的一個，他的語氣總是帶有憎惡，認定他的一生就是給他們每一個垮掉的了。

我們得要做功夫把野貓趕走。同時，我們開始察覺，日間給我們趕出外的明明是頭白毛貓，晚上穿過鐵閘偷偷溜進來的，卻是一頭玳瑁花貓。最後我們弄清楚，其實是有一隻白毛貓，以及一隻玳瑁貓，把我們家的牀下作牠們的窩，牠們一起在這街區過着半流浪半家居的生活。我家的生活給這兩頭野貓搗亂了，日日夜夜都要防備牠們，要把一頭貓趕走已夠使一家人筋疲力竭，何況要應付兩頭。

冬天的日子，我們整天整夜都關上門；夏天，天氣翳熱，不可能關上門，我們於是找來兩塊木板，封死後門和前門鐵閘的下半方，想牠們該沒法子進來吧。誰知牠們可以跳得高高的，甚至可以跳至窗口的高度，穿過窗花躍進來。白毛貓和玳瑁貓的騰空飛躍姿勢，十分曼妙，我是很欣賞的。我想起小學的體育課，我最怕練習跳鞍馬，看見排在前頭的同學一個接一個輕鬆的飛躍跳過，全班只有我一個失敗，給鞍馬絆住，跌倒在地上。玳瑁貓大概是頭雄貓，飛躍的勁力狠得多。不過，有次牠給一戶人家趕出來，逃命時離地一躍，躍得過高過遠，越過走廊的欄杆，倒栽葱跌下天井去，腦袋爆裂流出一灘血，原來不是每頭貓都有九條命。

留下來的白毛貓，依然在我家的牀下生活。一晚，母親半蹲往牀下看，看了很久，原來有一窩小貓，四五隻，濕淋淋毛茸茸，眼睛開了不久的樣子，喵喵細叫着。猜是大貓這一兩天在牀底生下來的，牠不知哪裏去了。母親怕小貓餓壞，把吃剩的魚放在小碟上，模仿小貓的喵喵叫，逗牠們來吃。我一想到這窩貓長大後，不時在我雙腳鑽出鑽入，我就不能忍受。母親還把牀下的雜物重新整理，騰出地方給小貓活動，對於母親這份愛心，我很不以為然，難怪白毛貓總不肯離開我們家。兩三天過後，小貓開始有氣有力，走出牀下，在廚房走動。父親看見，又整天整夜嘀咕。幸好，一窩小貓不久完全不見了蹤影。原來，有一個清早，天剛濛濛亮，我家打開後門，白毛貓就施施然走進來，似乎在門外守候多時。牠直走進牀下，揀一頭小貓叼住牠的頸脖向外走去，不知到什麼地方去，接着回來叼住另一頭走，如是者來回四五趟，把一窩小貓遷徙了。是母親親眼看見的，當時門外窗外的陽光正好，曬得周圍通亮，她站在一旁看着整個過程，白毛貓似乎看也不看她一眼呢。

白毛貓仍然眷戀我家，單獨一個在牀下居住。牠將來會在家裏生下一窩又一窩小貓，母親和我都這麼想，還是要找法子把牠弄走才妥當。我們趁貓溜出外時，就用牀下的雜物裝個陷阱。是這樣的，我們放一個大麻布袋入生鏽鐵桶內，打開布袋口，底下放我們吃剩的魚，引誘貓入袋裏吃，然後把牠困在袋裏抬走。這方法是成功的，當時兄弟姊妹都外出，父親在睡午覺，只得母親來應付。母親獨自拎着內裏有頭白毛貓的麻布袋，走過我們的街區，向山邊的荒野走去。她穿過幢幢徙置大廈，一條大馬路，來到山邊。曠野很耀眼，她繼續拖住麻布袋，在大太陽底下走了二十分鐘有多，來到一處最荒蕪的地方，她打開布袋，着貓快快離開，然後抓住空的麻布袋回家。幾天過後，牠竟然懂路返到家裏來。

那麼，要把貓帶到更遠的地方去才行，那地方很遠很遠的。很快，我們設計的陷阱又成功了。晚飯過後，母親走到我身邊低聲叫我去看，白毛貓蹲在麻布袋內，埋首啃東西吃，沒察覺到我們。母親早已準備一條長長的粗麻繩，我們快手快腳封紮袋口，裏面的貓完全沒掙扎。

家裏的人正在看電視，在電視香煙廣告的柔和配樂襯托下，我們提起內裏有頭白毛貓的麻布袋走下樓。母親全讓我作主，我發覺我的膽子大了不少，沒早幾年首次看見牀下的自來貓般慌亂。我們在街口截了一輛的士，我想也不想就對司機說，往裕民坊去。官塘是母親和我工作的地區，我中學畢業後幹打字員的工作。我們都熟悉那裏的街道，總會找到適當的地方放置貓隻。的士載着母親和我和麻布袋裏大白貓，駛過城市的昏暗街道，一路上車內都沒聲音，誰都沒說話，甚至貓也沒叫一下。麻布袋放在我左腿旁，我感覺貓的體溫，牠的身體轉動了一次，似乎是想把身體放得舒服些。

的士來到燈光特別明亮的街區，我叫司機停車。我拖住麻布袋拐入一條橫街，母親一直跟在我背後，我想避開大街上路人的眼光，我尤其怕遇上警察。也算是幸運吧，橫街的盡頭放有一個大垃圾桶，我走去看，垃圾半滿，我把重甸甸的布袋放進內裏，垃圾桶就剛滿了。我們轉身走了幾步，才想起要把貓放走，回去看，桶內的麻布袋左右擺動着。我解開綑綁袋口的繩結，貓伸出牠的頭來，我以為牠會立即跳出來逃命，奇怪牠只是緊盯我的臉。我也回看牠，我還是首次如此細看牠的臉，這個時候，我才發覺此城的街燈的光度挺厲害的，貓臉給街燈照得清清楚楚，也給牠身上的白毛塗上一片薄雪似的，我得承認，牠很漂亮，而且相當乖巧，牠完全不想掙扎，也不反抗。

我和母親轉入大街，走進人群裏，我的心情平靜下來。走在我們周圍是從工廠下班的工人，英文專科夜校下課的年輕男女，戲院散場出來，從後袋掏出香煙抽的獨身漢，他們絡繹從四方八面走到大街上。巴士一輛跟一輛駛過，車廂內燈光滿溢，看得見下層上層擠滿乘客。

我和母親坐在回家的巴士。推開玻璃窗，風吹來，混雜街邊熟食檔的油膩味道，樓房建築地盤的混凝土氣味。車廂前頭喧嘩一片，左右五六排座位，坐着十來廿個中學生，十六十七十八的年紀，一伙人互相嬉鬧，胡扯如何打發中學時代最後一個暑假。車廂內疲累的人百無聊賴，都直直向他們望去。巴士駛到昏暗的街角車站停下，當中一個學生吆喝一聲，他們便一窩蜂向下層走，一路的學生皮鞋聲響，滾落出車廂外，喧鬧傾瀉到街上去。巴士開動，他們的校服色彩，他們的聲音，他們的一切，倏然在車廂內消失無影無蹤。

原刊《城市文藝》第十九期，二〇〇七年八月

外出

昨晚，她看電視，吃了一包薯片，上牀睡覺，做了一些夢。清早醒來，她在浴室梳洗，看見毛巾上面爬着一團螞蟻，她雙手抓緊毛巾使勁上下一揚，螞蟻跌落在地上，慌張亂爬。她洗淨頭髮，把毛巾放在水龍頭下沖洗，才放心擦乾頭髮，用手指梳理，仍亂抓到一隻螞蟻，在她攤開的掌心瞎走。

她妝扮後出門，穿戴在她身上的，全是衣櫃裏最得體的衣飾。米色套裝，白襯衫，棕色的半高跟鞋、手提包，手錶，項鍊。長髮齊整束起，塗上淡妝，身上散出淡淡香氣。在大廈的升降機裏，她避開四五個住客的目光，站在一角落。

走出屋苑大門，一陣惡臭衝來。垃圾房外停泊一輛垃圾車，工人和跟車抓起一袋接一袋垃圾拋上去，壓縮機把垃圾擠入車槽裏。她步過屋苑前的花圃，一路是被擠扁的空啤酒罐、檸檬茶紙包、香煙盒，串魚丸燒賣的竹籤，是昨晚街上留連的人留下。

她走到路口，街道被水澆得濕漉漉，幾個清潔工人，一路拖住塑膠水喉放水洗地，水花四濺，髒水汩汩流向路邊的排水渠。喉管之字型橫放地上，她恐怕給絆倒，放慢腳，一步一步走。快到斑馬線，碰巧垃圾車顛危危駛出來，垃圾隨時從車裏掉下來的樣子，她刻意再放慢腳步。垃圾車剛衝過斑馬線，果然一團黑漆漆的穢物拋跌出來散落在路上，嚇得途人慌忙閃避。垃圾車拐個彎不見了，她仍嗅到空氣中的惡臭。

地鐵車廂潛入城市的地底，一站接一站駛過，鑽出山嶺的隧道，在地面架起的軌道軋軋飛馳，眼前豁然開朗。她靠近車廂的玻璃門，樓宇，街道，車輛，密密麻麻掠過。她看見遠遠的公路上，一輛垃圾車像黃褐色毛蟲緩慢爬行，駛離城市的繁囂。在那部車遠遠的前方，三部垃圾車在半禿的山向前移動，駛向山丘後的荒漠，漸行漸遠。垃圾焚化爐噴出煙霧，太陽封鎖在煙霞背後，天際一片灰濛濛。地鐵駛過一截路面，潛入地底，地面的景物瞬間過去了，車廂外面的世界回復黑魆魆的。

地鐵靠站，她依大堂的指示牌往商場走。在通往商場的行人隧道裏，一路是她的鞋跟敲在地上的響聲。穿過隧道，走上行人天橋，通道如八爪魚的觸鬚伸向四方八面，前、左、右的通道都是連接對面的建築群。她不知哪條往商場，唯有向前走，過了通道，推開玻璃門，正是一座龐大商場，一個保安員靠大門站立，她問，往上層商業大樓的升降機怎麼走。「回頭出天橋，向右拐，一直走就看到。」他答話的語氣，直像早已知道她要往什麼地方去。

她轉身走出商場，天橋的右邊分開兩條岔道。她沿最近的岔道走，推開玻璃門，又跨進另一座商場去，眼前是門戶敞開的藥材店，三四個中年男人或站或坐，分不清哪個是店員哪個是顧客。那坐着的男子直瞪着她，茫茫然答：「商業大廈？不知道。」她清楚再問下去都沒結果，轉身推開玻璃門出去了。另一個岔道距離較遠，要走好一段路。她邊走邊向天橋下張望，發覺在縱橫交錯天橋的底下，原來是巴士總站，一排排的候車站，有打橫的，有打直的。一輛巴士駛入靠站，另一輛出站，熱氣騰升，帶有電油氣味。橋底下灰灰暗暗的，有的人在排隊，有的人趕忙追巴士，好似無數小昆蟲在窟窿裏頭鑽動。她穿過第二個通道，推開玻璃門，她想該是商業大廈的大堂了。沒一個人影。她繞到仿雲石的牆壁後面，眼見的都相當簇新，這幢商業大廈大概剛裝修妥當，租戶陸續遷進辦公的樣子。

時間尚早，她想去商場的快餐廳吃早餐，再回來。她記得最初踏進的商場大堂，有她常去的連鎖快餐廳的廣告牌。她心裏盤算，不用走回頭路，在這裏向左直走，相信能返回商場，找到往快餐廳的路。她轉過那面仿雲石牆，沿半彎的走廊步出大堂，面前是兩道高高的扶手電梯，有兩層樓般高。她踏上去，目光隨着梯級漸次升高，看到上一層的景象，果然是商場。她曾聽到一個説法，如果你身處陌生地方，只要順着人流走，便會去到該地方的中心點。她尾隨人群踏上另一段扶梯，來到上一層，只有一道玻璃門，她跟隨人群出去。眼前是大片平臺，建有六七幢住宅大廈，一式的高度，一式的設計，一式的色彩，組成一座屋苑，人群向屋苑走去。她往後望，是一幢玻璃幕牆建築物，正是她剛剛到過的商業大廈。原來她已離開商場，她連忙轉身乘扶梯返回商場下層。旁人知道她走錯路，都回頭看她，令她有些不自在。

她回到商場的一層去，發現牆上貼有商場的平面圖。她從平面圖弄清楚，原來這商場的層數不是往上算的，而是向橫數的，要往第五層，不該往上跑，是要向前走到第五分段。這商場異常龐大，圖上連綿的一圈接一圈，可是卻沒畫有「你在這裏」的紅手指頭。她沒耐心在平面圖找快餐廳的位置，便走進商鋪間的走廊。走廊筆直，兩旁的商鋪一個接連一個，一式的尺寸、一式的玻璃門、一式的玻璃櫥窗。單位與走廊的闊度相約，僅可容納兩三個人。店鋪還沒開門，內裏昏暗暗的。時裝店，理髮店，精品店，租書店，手袋店，麪包店，洗衣店，皮鞋店，電話店，遊戲機店，郵票古幣店，一個接一個連綿排過去，接着是時裝店，髮飾店，電腦店，美容店，眼鏡店，內衣店，補習社，前面是時裝店，精品店，再前面又是一間時裝店，看不到止境。她來到走廊的分岔口，向右看，遠遠的大堂一個保安員站着。她出了長長的走廊，走去問他，快餐廳怎麼走？他答：「回頭走，然後轉右，一直走，在樂園天地後面。」她折回分岔口，往右直走，走了一段路，咦，那個保安員，是初次問路同一個嗎？那些清潔工人、保安員、管理員的模樣，看起來總是同一個樣子。

她一邊走，一邊找指示牌。不管有指示牌，沒有指示牌，她只能繼續往前走，前面根本沒別的路。無論她走多久，周圍的環境都沒改變，兩旁都是間隔一樣、設計一樣的店鋪，她開始有錯覺，時間彷彿停頓了。她走了一些路，一對年老夫婦迎面走來，她讓路給他們。她又走了一些路，又是一對年老夫婦走過，然後，又一對。她見到的，彷彿是剛剛過去的倒影，她甚至覺得，時間在往後退。她終於走到盡頭，再沒路走。立住腳看，左邊是樂園天地，卻不見快餐廳，一個指示牌也沒有。她往右邊轉，不再是狹窄的走廊，豁然的一片空間，正是她要找的快餐廳。

她原本可以悠閒吃個早餐，現在卻匆忙得很。她趕忙排隊，買一份最簡單的早餐，三文治和奶茶，捧住托盤，揀最近的座位坐下，胡亂吞進肚裏。剛才費了許多時間找路，為了追回失去的時光，她花在快餐廳的時間不到她找路的三分一。她取出化妝袋，照照鏡子，略補口紅，挽起手提包就走。

她沒時間也沒氣力循原路回商業大廈，她看見人流從快餐廳對過的通道走來。她打算，先回地鐵站大堂，沿最初的出口走，穿過行人天橋到商業大廈的升降機大堂，會是最方便快捷的路徑。她逆着人潮，踏上向下走的扶手電梯，前面的行人隧道口，掛有往地鐵站的指示牌，她的心定下來。她趕忙走進隧道，竟有半條街長，她連奔帶跑地走。到了盡頭，看一看，是地鐵站B出口，她便向右拐，穿過大堂到A出口，通過往商場的行人隧道，然後走過天橋，到了商業大廈的大堂，看看手錶，離面試時間僅餘兩分半鐘。

大堂仍然空無一人，大廈的升降機槽裏，隱隱傳來升降機上落樓層發出「噹，噹，噹」的電子聲響。升降機降到地面，她踏進去按鈕，往上升，直至響起一把機械女聲：「二十樓。」她踏出升降機，長廊兩邊全是辦公室，嵌在天花的白光燈，映照仿雲石兩壁，像走在水晶裏，跟昏暗的商場很不一樣。長廊的盡頭是她要找的公司，她像走了很遠的路，才能探訪那個截然不同的世界。

她按門鈴，隔着玻璃門向裏頭望，一位女職員走到接待處，揿電子門鎖，「嘚」。她推門進去，禮貌地告訴女職員，她是來面試的。女職員撥內線電話，然後放下聽筒：「妳等一等，經理待會出來。」她站在接待處等候，眼睛滿辦公室裏轉。辦公室分開三個小間隔，各放一張寫字檯，檯上擱有最新型號的電腦。另一角落擺放影印機、傳真機、打印機，牆上掛有印刷精美的廣告，是這間公司代理的家庭電器。一切井然有序而清淨。營業員都跑生意去了，只留下女職員，她望着女職員工作，側面身影掩映在高闊的玻璃窗上。

窗外可見一幢幢灰色住宅，那是商場平臺上的屋苑，遠處錯落的工廠大廈，沒一點燈光沒一縷煙，外牆給侵蝕成黑黑綠綠的一片，已荒廢似的。些微陽光從煙霞裏漏出來，天空看似淡藍色，又似淡紫色，亦近淺灰色。室內是光亮明淨的，天花板光管散發的光亦如水晶一樣，女職員身上的湖水藍套裝，是水晶蘊藏的藍光。她彷彿曾來過這地方。昨夜的夢境裏，重重疊疊的樓宇間透出一道彩虹，把外牆映得通紅。所有樓宇都關上窗戶，寂靜無聲，似乎屋內的人都安然入睡，睡夢中她也感到平靜安穩。從這辦公室的窗戶望出去，似乎是夢境裏的城市一角。

經理從辦公室出來，給人的印象，是很有實際工作經驗的男子，任何工作上的困難，他都可以依循過去的經驗找到解決方法。經理站在接待處，沒請她進房裏坐，他臉上堆滿笑容，問她的名字，應徵的職位，現在的工作狀況。她一一應答，之前在珠寶廠當文員，快滿十年，直至大半年前工廠遷往外地。經理聽她說完，堆上更多笑容：「唔，日前有應徵者面試，條件合適，公司已聘用了她。大概是人事部忘記知會妳，要妳白走一趟。」

她是失望的了，心裏想，經理準是聘請了這位女職員，搶了那極大可能屬於自己的職位。瞧，她的寫字檯底下放有一個名牌手袋店紙袋，內裏滿是小擺設、相架、玻璃花瓶，是她帶來裝飾工作間，檯上的水杯、暖水瓶挺精美，還有薰衣草空氣清新劑呢。她回應經理的時候，女職員拿起文件，走到經理後面的影印機去，她一直看着女職員影印。女職員先拿一方抹布揩拭影印機的玻璃鏡面，細看是否完全抹淨，才放文件到鏡面上，對準紙張尺寸的位置，絲毫不差，安心放下機蓋面，按鍵。女職員的視線不離開蓋面，腦袋似乎也在跟着影印機的光的速度，一同掃描文件，光一停止，她就掀起蓋面，分秒不差。她想，經理聘請這位女職員是對的，她是如此閒適，如此專心工作，還比自己年輕四五歲。她隱約聽到經理說：「總公司急需初級會計，妳懂會計嗎？」她說，以前學過會計，有入電腦賬簿的經驗。「我會知會人事部，如果合適，會通知妳面試。」她說，好，謝謝你。他給她揿電子門鎖，「嘚」一聲響，於是她推開門，回頭說，再見，離開水晶似的辦公室。

她按升降機，機門立刻打開，她乘的升降機沒離開過，一直停在這樓層。升降機內獨自一人的空間，她想起未見經理前的令人錯愕一幕，那女職員說經理要出來見她的時候，她察覺女職員向她的右膊一瞥，臉上駭異的表情閃過。她立即轉頭往右膊看，原來爬着一隻螞蟻，她嚇一跳，連忙用左手的手指把螞蟻彈走。想是她早上擦頭髮時，把毛巾上的螞蟻沾上。她懊惱，不應把家裏的螞蟻帶到人家的乾淨地方。她以前上班的地方在舊工業大廈，一口窗也沒有，直像蜷縮在水泥密封的盒子裏工作。這大半年來，她一直想找這樣的工作，在新式的辦公室上班。在城市裏光潔明淨的一角幹活，應該感到幸福愉快的。清早出門工作，傍晚回家休息，明確的來回路程，生活有實實在在着落。最近這段日子，她不知到明天要到城市哪一個地方，也不知從城市哪一個地方回家。

她取出手提電話，按短訊給男朋友，簡述剛才面試的情況，正等候通知另一次面試。不一會，手機閃起藍光，她男友的短訊：「別等，他敷衍妳。」她不以為然，經理的語氣、表情，完全不像推搪。

升降機落到大堂，她想找個地方坐，舒緩一下情緒。她再次穿過天橋、行人隧道、地鐵站大堂，重返快餐廳。吃早餐的顧客已經離開，空落落。

她買了一杯冰鎮奶茶，揀一角落坐下。一玻璃杯奶茶，盛在冰粒滿滿的荷花式樣玻璃小碗裏，她連吸吮兩口。餘下的時間是等候電話。

突然，豁琅一聲，快餐廳中央的檯子，一個中年男人打翻了奶茶，淋漓潑瀉滿檯滿地，冰粒散落。他毫不理會，收拾他的報章走開，大模斯樣離去。

負責執拾的女工早已看見，待他走後，對住眼前的顧客說：「這麼大的人，他的腦是否有問題？」她拿抹布走來，抹淨檯面、座椅。她一邊用地拖清理地板，一邊不斷罵道：「無人性！他不是第一次了，幾次了！」

女工站在拱圓型的快餐廳的正中央，拖着掃帚一時轉過這邊來，一時轉過那邊去。

她看着看着，剛才混亂的路程，在眼前似乎肌理分明了。她身處的快餐廳，正是整座商場的中心點，無論從地鐵站A、B或C的出口，不管從行人天橋的前、左或右的通道，或是商場任何走廊的入口，只要順着前方的路直走，都會來到這間快餐廳。她繼續想，一層又一層，這座商場是這區的中心點，而這區又是城市西邊的中心點，那麼，現在她坐着的地方，直像城市外圍旋轉的風眼，風暴圍繞自己狂亂的發生。

剛才在辦公室的情況也變得清晰了，經理撳電子門鎖的動作，是斷然的，「嘚」，半秒的聲響，沒有餘音，沒有回路。

她突然狂想，給她遺棄在辦公室的螞蟻，爬上經理的腳踝，狠狠咬他一大口，他大叫一聲，整個人在椅上彈跳起來。她偷偷笑了一笑。不過，她可以推測，那個有潔癖的女職員，在她轉身踏出玻璃門，準會找殺蟲噴霧亂射她站過的地方。

她雙手緊握載滿冰粒的小碗，好想一概用手推倒在地上，爆發嘩啦嘩啦的響聲。

良久，良久，她依然握住玻璃小碗，碗內的冰粒逐漸融化，薄薄的小片小片，浮在水面。

原刊《城市文藝》第二十六期，二〇〇八年三月
二〇一八年七月修訂

探訪時間

你好嗎？今天身體可好？噢，你認錯了，我不是美玉，我是阿容，是美玉的朋友，我曾到訪你家數次，那年還向你拜年，你認得我嗎？剛才我在大門口遇見美玉，她要到一樓跟社工談話，囑我看顧你一會。

吃過午飯沒有？胃口還好嗎？這兩瓶葡萄適是小小心意，聽美玉說，她常給你喝，維他命C對你的身體有益，你喜歡喝嗎？哦，不用客氣。

美玉告訴我，早前你入過醫院，現在康復了嗎？我跟美玉說，想跟她一起到醫院探望你，她說不用麻煩了，再跟她聯絡時，你已經出院，返回護老院。過去多少次你在醫院留醫，有時是肺炎，有時是肌肉潰爛受感染。記得有一回細菌入血，美玉說你情況危急，醫生要家屬簽紙，你的心臟停頓便不會急救。（我想，這次你真的不行了，想在你上天堂前來看你一面。）猜不到你竟又撐過來。反反覆覆好些年了，你還活下去，真不簡單啊。甚至那一年SARS來襲，你都可以熬過了。我時常對美玉說，妳父親的生命力真強啊！要不是有妳照料，恐怕這好幾年妳父親熬不過來呢，他心裏一定無時無刻慶幸有妳這個女兒，這是他的福份。

每天這個時間，美玉都會來護老院探你，餵你吃飯，幫你抹身清潔。就算她生病，發燒，她也不眠不休照料你。天氣在轉變，一時溫暖，一時寒冷，這樣的氣候真令人容易患上傷風感冒，你要小心身體啊。早前接到美玉的電話，她患上重感冒，看了好幾次政府門診，仍然咳嗽得厲害。我幾乎認不出她電話裏的聲音，沙啞得像中年男人，還以為一個陌生人給我電話。她說，她真的很累了，既要照顧癱瘓的父親，也要照顧患上精神衰弱的母親，日復一日。還要買菜做飯、洗碗、洗衣服、抹地板，她哥哥、弟弟、弟婦看着她在做呀做。（唉，我說，他們真沒人性。她說，他們真沒人性。）

以往我跟美玉通電話時，聽到美玉聲音在電話筒的背後，響起你癱瘓在牀的呼叫，似乎在呼叫她的名字。（你癱瘓多年的身體臥在牀上，你不能吐出流利的語言了，只能從喉嚨發出旁人無法明白的聲響，恍如一頭野獸的叫喊，世上只有美玉明白你在呼喚什麼。）我總會說：「妳爸爸在叫妳？……那妳快去照顧他吧，我收線了。」

美玉不開心的時候總會想起我，她失業，第一個通知的朋友就是我。她電話那方靜悄悄的，聽不到收音機、電視機傳來的聲響，甚至沒有車輪駛過馬路的聲息，沒有救火車、警車駛過發出的警號嗚嗚聲，完全沒有城市的噪音。她的話語，彷彿從曠野傳來。

你入住護老院後，她往往在探訪你後，在回家途中給我電話，聊着聊着，我聽到輕鐵車廂裏廣播的聲音。她有時在快餐店獨自吃晚餐，寂靜一片，大概店內顧客寥寥。我說：「還是快些回家吧。」

這間護老院環境不錯啊，尚算清靜，住得舒服便好了，離你家也不遠。唉，現在想找個不錯的牀位真困難啊。你想要什麼？想喝一點葡萄適？哦，你想要水，我來給你倒一杯。飲管放在哪裏？這裏有，慢慢、慢慢吸吮，不用着急。

你這裏陽光明亮，葡萄適在透過玻璃窗的日光底下，恍如淺水裏生長的橙黃色的珊瑚。

今早我走出家，路上和煦的陽光流瀉，老人家、流浪漢、傷殘者都從屋裏走出來，他們戴冷帽圍頸巾拄枴杖，或一小步一小步移動，或呆坐樓梯間的一角，他們恍如寄寓泥洞裏的昆蟲，等候了一整季，爬出陰冷的洞穴隙縫，在太陽底下溫暖身軀，像洪荒時代的蜥蜴，爬在石頭上作日光浴。他們平時生活得像壁虎，把自己藏匿在夾縫裏，在緊閉的房子裏，在大街小巷裏。他們大概都是跟你同時代的人物，有些比你老十年，有些比你年輕十年。今天我也趁着好陽光，打掃我獨居的房間，我已經大半年沒打掃住所了，每天總是伏在電腦前瀏覽各地的新聞報導。我推開電腦檯，地上一條壁虎伏着，我看着地上風乾的壁虎屍體，彷彿是塑膠製的昆蟲玩具。我動也不動，任由陽光在我身上緩慢移動，啊，原來這一段日子，我一直同一條壁虎屍體同住。我掃出一大團混雜頭髮的灰塵，連同壁虎的屍骸，一起倒進馬桶裏，我拉水箱把手，水聲嘩啦嘩啦。其後，我身體像驅了魔似的，抖擻起來，我不要再混沌地生活下去了，我走出街外去。

什麼？你想說什麼？你要見美玉？你是不是要見她？她還在樓下的辦事處見社工，我想她快上來的了。

你不用擔心美玉啊，她的人緣挺好，很多朋友會幫她忙，我算是她最要好的朋友吧。你準記得，有一段日子，她每晚都在家練習鋼琴、唱歌吧。那個時候，她在一間音樂專科學校讀音樂，我們便是在那裏認識的。美玉跟我，都幹一份寫字樓白領文職，她在中環，我在灣仔，入息還算不錯呢。回想起來，當時的日子還算過得安樂的，為什麼我總覺得我的生活應該更快樂更幸福呢？總覺得日子無聊透頂？我們常常一起去音樂會，都想有天能當上音樂教師，在那些裝潢典雅的隔音教室裏，窗臺擺放綠油油的小盆栽，我們教學生彈琴、唱歌，他們都是乖巧的孩子，每年給他們辦小型音樂會，生活大概會有趣得多吧。每天我下班後站在街口，不想回家，又不知往哪裏去，去看場七點半電影？去逛出口時裝店？有回在街角聽到有人叫我，原來是美玉，她剛在灣仔辦妥事情回公司去。這次在課堂以外的場所碰面，接觸對方現實生活的另一個身份，瞬間覺得比以前熟落得多了。

後來有天下了班，我和美玉相約同往西環看醫生。看過醫生後，坐在夜晚歸家的電車上，我們患上感冒的身軀疲憊極了，默默看着車廂外的街道流過去，流過去。我看着在美玉側臉剪影後的西環街道，黑漆漆的流動空間，高高矮矮的一幢接一幢的舊式唐樓，不少單位已經荒廢，甚至整幢都空洞洞的，人遷走後，剩下掛在外牆的商店招牌，樓房被堵死的一個個窗口，糊上舊報紙或月曆海報。

這些荒廢的樓房曾經居住什麼樣的人家呢？他們現在又在哪裏？我想到自己過去的日子，自己將來的日子，還有這個城市的過去與將來。將來，我在這城市哪個房間裏生活？跟哪個人一起生活？他現在住在這城市哪個角落？這晚他正在做什麼呢？或許，那人根本不存在。電車駛進燈光璀璨的中區，我覺得需要向美玉道出感激：「除了我母親以外，從沒有人曾陪伴我看醫生。」美玉睡眼惺忪，剛剛吃過感冒藥開始渴睡了，無論美玉是否聽到這句話，我覺得跟美玉的交情，真的從朋友進展到姊妹般親密。我倆同姓，我長美玉一歲。

那一個晚上，我才知道原來美玉是在西環出生、上小學、中學，祖父母都安葬在摩星嶺的墳墓裏。我跟她在音樂學校認識的時候，你們的家已遷往新市鎮的屋苑，你已經癱瘓好幾年了，家人留了一個房間給你養病。（說到西環兩個字，你好像回憶起什麼，目光似乎很有感觸。）

那晚是我首次走在西環的街道上。寒冷的天氣已持續一段日子，是每隔數年來臨此城的流感高峰期，很多同事都病倒了。我下班後乘電車從灣仔往西環去，從車窗往外望，市中心區的喧鬧漸漸退後，便看到鱗比的海味店，掛起風乾的鹹魚，魚眼睛，魚臉，都僵硬了。牠們曾經在海裏游泳，現在完全癱瘓了，不，一尾一尾，直如化石的圖案。電車在總站停留。是下午與傍晚交接的時間，主婦從菜市場買菜趕回家做飯，麪包店最後一輪出爐的時間，樓房裏噴出炒菜燉肉的油煙氣味，街道升起向晚的聲息。然而，我站在破舊的街道，彷彿站在世界的邊緣地帶，如果電車繼續西行，它會載我到宇宙最荒涼的地方去。

美玉來到，我跟隨她走在人車稀少的路上，走過一個又一個的街口。然後，來到一條長長的街道，地下一個單位射出亮燦燦的燈光，我們向燈光走去。醫務所像水晶球在街道上浮動，突顯周遭的死寂。我們從淒冷、烏黑的空間進入亮得耀眼的候診室。診所的白牆上，一部十三吋手提電視機高高吊起，畫面閃着雪花，橫線上下流動，電視節目在四壁白牆之間沙沙作響。

離開診所，我們走進一間粥品老店，她是老顧客，小時候一家人常來。桌上擱有調味品瓶子、筷子筒、牙籤筒，封滿塵埃污垢，看似從她牙牙學語的年代就一直擺放在那裏了。還是小學生的美玉，總是坐立不定，抓住你的手，把熱粥一匙一匙送進嘴裏吃。塵埃污垢，從調味品玻璃瓶子、木桌，滋生到四壁，從四壁爬上樓頂天花。兩把掛牆電風扇呼呼旋轉，吹散火爐冒出的熱氣，吹動掛在我們頭頂上的一條蒼蠅膠布，上面黏滿點點豆大的黑色，是蒼蠅的屍骸。牠們的屍骸，把過去數個夏季的暑氣貼死在膠布上面，曾經，牠們狂亂飛舞，衝向膠布上。

噢，我總被一些小事牽動。

美玉熟悉西環的環境，在街市，她買來大包小包的東西，家人愛吃的芒果、桃駁梨、山竹、木瓜之類的生果。她走去素食店給母親買齋菜，說母親多年來都愛這食店的味道。她走去老字號的麪包店，給你買白方包。她在街上轉來轉去，像魚，栩栩游動，這就是她生活的世界。

然而你們一家早已搬離西環到新市鎮居住。我第一次拜訪你家，跳下巴士，穿過輕鐵的車軌，穿過冷清的乾貨街市，望見前面一幢樓房的低層，向街的窗戶，兩扇玻璃鋁窗掛滿晾曬的衣物，全是洗得褪了兩三層色的便服，我就猜想這一定是你家的房子。第一次跟你見面，你的臉容削瘦蒼白，累透了。（你癱瘓歪坐在椅子上，身體困在屋子裏這麼多年，呼吸虛弱，一切都退化了。）我經常想像你癱瘓前的樣子。你在銀行當個小職員，待客和善，戴副老派膠框眼鏡，從不惡形惡相，你是個勤快的員工，深覺辦公室裏沒有你的打點就不行的，你患上重感冒還帶病上班，就這樣暈倒癱瘓了。數一數日子，這十多廿年來，旁人東奔西跑，眼下的房子的外邊世界，一切喧囂繁亂、瞬息萬變，你都無從得知，置身這個世界之外。

我看見美玉總是忙着家事，爬高爬低，進進出出。客廳一角擱着她的鋼琴，黑白琴鍵積了一層灰塵，琴面堆滿雜物，都是一包一包成人紙尿片。(噢，我家裏的樂譜，一箱一箱堆在我的睡牀底下，給衣魚噬咬着。)

回想那個寒冷的晚上，我們彷彿走在夢裏永無止盡的長街，朦朧一片的世界浮現光燦晶瑩的醫務所，我們像夢遊者在照亮的街道遊蕩。街道的陰暗處走出一個標緻的年輕女子，她不算漂亮，卻有着一切女性自豪的特徵，一把長頭髮，短褲下兩條修長的腿，白皙皮膚，優美的走路姿態。她從暗角走出來，然後又走進黑暗裏，恍如幽靈。我和美玉，都是城市生活的平凡女性，正如我們平凡的樣貌、性格、職業、名字。我們姊妹倆似的走在街頭，走過她先祖父走過的街道，走過你走過的街道，走過你那一代人的街道。夜晚的街道進入睏睡狀態，丟棄的玻璃瓶、啤酒罐、汽水罐、報紙，在空寂的街道被風吹起在地上翻滾，遊蕩在屬於它們的街巷。

多少次，我在睡夢裏，彷彿回到那條長長的街道，有女子不徐不疾跟在我後面，她跟我相同的身高，同一個款式的髮型，她在我後面說：妳衣服穿得太少，天氣冷呀！朦朧中，我感覺自己棉被蓋不夠，手腳冰涼。有隻女子的手伸進被窩，摸摸我燙熱的臉頰，我困倦間想張開眼睛，弄清楚是誰。

美玉來了。

美玉，妳的事跟社工談妥了嗎？……不用生氣，再跟妳大哥商量商量吧。我不打擾妳父親休息了，我先走了。

妳也要回家買餸做飯？一起走吧。

世伯，我要走了，下次有空再來拜訪你，保重身體啊。

美玉，距離車站很遠呢，我替妳拿這袋東西。不重不重。

近日妳還好嗎？這幾個星期我也病倒了，今天天氣暖和，身體似乎恢復一點氣力，也洗過澡。哈，我病了一整個星期也沒洗過澡呢，身體每個毛孔似乎都長出一團團病菌。之前每晚吃過藥，聽電臺的老歌節目，迷迷糊糊入睡，睡得像死人一樣，全身動彈不得，也呼叫不得，像癱瘓的一個人。那感覺，就像剛才我乘輕鐵到這裏來，一站過了又一站，車廂喇叭反覆廣播沿路車站的名字，我記得有麒麟、青松、田景，對啊，良景、新圍、鳳地、藍地、泥圍，妳竟可以如數家珍唸出來！那把女播音員的聲音，不緩不急吐出一個個站名，這些地名好像從洪荒時代已經存在，我卻是聞所未聞，不知身在何方，於我來説是另一個世界，一站一站連接到他方。一些人下車，一些人上車，他們就是生活在這些社區的人了，他們神態自若，悠然自得，而車廂好像只有我一個來自異地的，我覺得全車廂內的目光都放在我這個外來人的身上，我只得呆站着讓他們注視，瑟縮在車廂一角，不想侵犯他們的生活空間。

妳要我幫妳多拿一袋子東西嗎?

陽光漸漸退了,剛才沿路看見百無聊賴的老人、失業漢都消失了,現在街道換上餐室、茶樓的待應生在留連,妳看,他們身上的制服沾滿油污,臉容疲憊,有些三三兩兩在小公園的樹蔭下閒聊,有些獨自坐在後樓梯抽煙,把自己埋在行人看不見的地方,靜靜吐出濃烈的煙草氣味。

我們也找個地方坐下吧,吃下午茶的熱鬧時段過去了,餐室一定很多空座位。熱可樂煲薑?哈,我也很想喝呢,以前我們傷風感冒就會喝一杯,不過我想現今餐室的夥計不會特地給我們弄一杯了。

原刊《城市文藝》第五十二期,二〇一一年一月

二〇一八年七月修訂

半日譚

拉開掛牆櫥櫃，找到銅鑄長柄小鍋，煮一杯希臘咖啡。長柄、鍋身雕刻上阿拉伯風花紋，據説裏面隱含哲理，以複雜幾何圖型的連續延長，尋索宇宙的無限。小鍋精緻如一件古董，實在太貴重，我得小心翼翼輕放在檯面。倒進一杯白開水，揀一隻歐洲雅士風格的小鐵匙，放一匙咖啡粉末、一匙黃糖，把鍋放在電爐頭，開慢火。水漸漸滾沸，用小匙輕輕攪勻小鍋內咖啡，深啡色粉末沸騰翻湧，我的神魂走進黑夜的森林，為走獸、精靈在夜空下狂歡起舞而震驚。

在深啡色的霧氣瀰漫之間，我垂下重得要命的眼皮，腦袋轟轟的旋轉。這些日子，我喝咖啡是為了抵抗無時無刻襲來的睡意，喝得多，漸麻木，已無助減輕睡意，明明是大白天，仍然覺得天昏地暗。我本來對泡咖啡不感興趣，嘗試看書學習，是聽同事A説過，人所以對一門學問無感覺，不過是因為他對那件事無知。看見小鍋內湧起泡沫，由粉末泡成一杯咖啡，裏面充盈廣漠無邊的心思，一個令人着迷的轉化過程。

人事部總管B小姐突然走進來，臉上露出「哦，你在這裏？」的表情。

我的意識倏然回到眼前的世界。如果，深夜一個精神疲累的人，牀上熟睡像貓咪，有陌生人從另一山頭，以長鏡頭越過窗簾，潛入室內，拉起棉被看他，他只有被迫驚醒。我就是這個可憐人。

她講着手提電話：「你拿尺量度一下啦，牆不過長六呎，放不下那張雙人牀的，另買一張啦。太浪費？是你浪費我的時間！當然是你去IKEA啦，我不用上班嗎？」B小姐廿七歲，新婚，新居是馬鞍山屋苑一個小單位。

她走近洗滌槽，小心翼翼，用一瓶卡通貓圖案的洗潔精，擠兩滴到百潔布，清洗剛吃過的飯盒，沙啦沙啦。她故意背向我，向電話那頭嘀咕：「嘩，管理費好貴，貴過老人生果金。喂？喂喂？你在聽我講話嗎？」

我有錯覺當了偷窺狂。茶水間一向是職員談私人電話的地方，假如我天天廿四小時藏於櫥櫃中，準能聽飽他們鉅細無遺的感情雜事，即使我從來興趣全無。

「沒有跟他們去新開張的日本料理吃飯？」她突然轉頭望住我。人事部的人終究不宜得罪，我打算敷衍兩句，不料她已轉身離去。

我再把小鍋放在電爐頭煮沸、攪拌。我唸唸有辭，背誦同事A留下那本咖啡天書的叮嚀，佳品必需細意品嚐，不幸買錯味道拙劣的咖啡，要減輕其劣味，更要喝得慢，慢得像用Olympus E-50相機以五百分之一秒的時間，注視一朵黃花的枯死。

櫥櫃內的希臘咖啡粉、長柄銅鍋、小鐵匙，都是同事A歐洲公幹時，精心揀選帶回來的。兩年前他上班第一天，我立即在互聯網搜索他的資料。他的經歷，遍及三藩市房地產經紀公司，加州大學洛杉磯分校的校友，還有七、八幀他與洋人的合照，其中一幀，是他表演棟篤笑，與一班同好隨意站在三藩市酒吧外留為記念，最令我拍案驚奇。雖則我視他為對手，跟他只是點頭之交，上星期放完長假，也預留一份手信給他，從夏灣拿帶來的，一枚哲古華拉虬髯滿腮的木刻頭像。我站在他辦公室的玻璃窗外探看，空無一人，也看不到他任何作息的痕跡，原來他突然離開了公司。在這城市這公司，如果被迫離開，會被同業視為失敗者。公司的一把天梯，越爬越高，才是人中之傑。

茶水間仍有不少他留下的東西，玻璃樽裝、紙包裝的異國咖啡粉為多。我拿起一包希臘咖啡，明年六月賞味到期，會被抛進垃圾箱。明年六月，我三十四歲了。我一直想去希臘，選一個愛琴海的小島，遊玩吃喝，抛下工作煩惱兩個星期。從教科書認識的希臘，文明古國，雄偉的神殿，已變成廢墟。年來希臘政府破產，安逸不再，廣場上塞滿黑壓壓的反對緊縮政策的示威者。我已經錯過到希臘一遊的美好時光，何時是下一輪的太平盛世？

由西半球回到東半球，十三個小時時差，返回香港一個星期，大腦意識仍停留在彼岸，工作錯漏百出。我討厭茶水間，每次停留不多於五分鐘，沖洗杯子，盛半杯蒸餾水，便速速逃離。咖啡、檸檬、花茶的氣味，窗臺上的小盆栽，如此閒暇的環境，令我分心工作，實在不宜久留。這一個星期以來，茶水間卻成為我喘息的逃避空間。過去這是同事A的私人天地，泡咖啡弄小吃。有次公司大停電，整個辦公室烏黑一片如沉在深海的遊輪，大家都為不能用電腦工作而狂吼，他卻施施然往茶水間，從雪櫃取出一罐冰咖啡，靠牆優哉悠哉一口一口淺嘗。我甚至懷疑，經常通宵達旦加班的他，為補充睡眠不足，甚至會爬入我腳旁的儲物櫃小睡休息。我彎身打開坐地儲物櫃，內裏放滿廁紙、清潔用品，還有不知誰儲下的一大綑免費報紙。儲物櫃長約六呎、闊四呎、高四呎，呎吋大小，讓人想起新聞報導的棺材房，以豪宅比例的價錢，租給單身漢，只容得下一張無人清洗的牀鋪，吃飽睡醒，便去打散工。

如果，我鑽進去儲物櫃裏一睡，小休半小時，準會有精力完成今日死線的報告，下班前漂漂亮亮交給老闆。這荒誕的狂想，沿我身體蔓延擴散，想睡，一如飢餓的感覺，一旦湧起蒸騰，不解決無法罷休。渴睡，怎麼會令我淪落至此？

外邊傳來嘈雜聲，同事C油滑的笑語，最為突出。手提電話顯示時間13:58，眾人準時午膳後回來繼續工作。

我把小鍋裏的咖啡慢慢倒入杯子裏，是我親自泡製的第一杯希臘咖啡。

我走出茶水間，心裏盤算，如果，要走過公司的開放辦公空間，帶一杯咖啡回到我的辦公室，而不失助理經理的得體形象，是難以想像的艱難任務。每走一步，我似與希臘神話中的睡眠之神海帕諾斯搏鬥。海帕諾斯會化身不同面相，於人間浪遊，有時是獸，有時是小女孩，有時是美少年，通常他都裝扮成勇武戰士，攜一支號角，一支罌粟枝，從中擠出液體，令世人安眠。我雙手捧住咖啡，隨苦澀的氣味，冒起的輕煙，緩緩穿過各個工作隔間的通道，如走進迷離之境。男女同事的五官變得模糊，他們緊盯電腦熒幕，臉孔折射電氣的白光。從室外的烈日當空，回到室內的人造光線，各人的氣息慵懶，打呵欠，領帶鬆弛，西裝外套從座椅跌落在地上，卻沒精神理會。靜得令人悚然，只有手指按電腦鍵盤的聲響，混雜電話鈴聲，無跡可尋的節拍，驟來驟去，幾疑與人的心跳相左。我終於走到自己的辦公室門前，再回頭看，只覺一室悽惶，這樣的日子如何過下去。

我眼前是長期開啟的電腦熒幕，檯面滿是文件，街外發生的一切，廣場上人群的聚與散，都與我無關。

同事的前期工作都已完成，交到我手上，我要一一閱讀，核查一遍，再加以整理，添上我的部份，才完成這份季度業績報告。以前我總可以準時交差，趕在同事A前完工。腦袋卻不能集中精神，桌上一張張A4紙，上面一幅幅圖表、一行行數字，在跳躍在逃逸，戲弄我嘲笑我。

咖啡喝光，手提電話顯示15:15，下午茶時間。在我的腦海裏，圍繞這城市的街道，路邊仰臥一個一個無家的人，像一尾一尾被釣起來的死魚，平躺於沿街長椅，在花槽的邊沿，他們的夢（若果他們還有夢），一個個如氣泡向城市的上空飄浮，圍繞幢幢大廈的頂端。我大學畢業那一年踫上香港經濟不好景，胡亂讀個碩士，與其他校友無分別，只想找一份體面的工作。什麼工作無關重要，只要能於新型高聳入雲的商廈上班，目標是三十歲前擁有一個一百八十度維港海景的辦公室。十年過去了，升職三次，才搬進這間靠近山景的辦公室。山脊一帶，可以看到更多建築地盤，不是清拆後的荒地，便是給深綠帆布全幢密封的不知名建築物。不能看見海岸線，只能夠想像。

18:35，大老闆的房間仍燈火通明，各同事誰都沒勇氣搶先收拾檯上的文件，吹口哨離開。日與夜的臨界點，這個時刻，我慣性疲勞。B小姐永遠最是無畏，她總有充分理由，排除萬難，提起手袋走人。跟隨她的步履，辦公室的職員在十五分鐘內一個接一個離場。我要搶在大老闆之前離開，先回家倒頭小睡，洗個冷水浴，然後埋首完成工作，把文件電郵給他。桌上電腦，不知何時，已自動關機，我重新開啟，打開報告的草稿，上面除了Quarterly Report兩個字，空白一片。

地鐵的交匯站，四方八面人潮的混濁氣味向我洶湧而來，快令我頭昏窒息，我的軀體，順着扶手電梯下降，在月臺與地面之間移動。突然察覺到手臂輕鬆自在，雙手空空如也，公事包呢？我暗吐出一句shit，竟然忘記帶走文件。我慌忙轉身，緊握扶把，逆流而上，自動電梯上的人群一個跟一個給我擠開，為自己的冒失而氣憤。有幾個瘦弱的站不穩，甚至跌個頭破血流，我也無暇理會。人聲鼎沸，警察掩至，我走出地鐵站，擠入人潮當中，腳踁卻被水貨客的手拉車撞到了，痛得沒法走動，忍不住用手搓揉，更痛，痛得我驚醒過來。

張開眼簾，我身在何方？給漆黑重重包圍，鼻孔湧入舊木板的氣味。我不敢把弓着的身體伸直，伸出手上下探索，摸到蜿蜒的木紋，我被活埋入棺材裏面嗎？輕舒雙腿，右腳踢到廢紙堆，左腳踢到一堆玻璃瓶叮叮噹噹的響。我的意識逐漸甦醒，我似弓身臥在茶水間地下的儲物櫃裏，睡了一覺。繼續摸索，找到木櫃的門把，輕輕推開，果然是茶水間，外面沒一點聲息，玻璃氣窗在昏黑中反映幾點燈光。

爬出木櫃，全身酸痛，直像在戲院看得悶透半途死睡，電影播完，人去樓空，走出戲院回到現實的世界來。掏出褲袋裏的手提電話，看看時間，

19：20，還會有同事在加班？他們看見我從茶水間走出來，襯衫西褲縐巴巴，又會創作閒話了。電話收到幾個飯局的短訊，來自同事的則一個也沒有。失蹤了半天，無人知曉，公司運作如常。茶水間檯上的希臘咖啡，像死魚一樣冰冷發腥。

辦公室的燈都關了，只有我的房間仍光亮，像是被世界遺棄的時空。我走經暗黑的地方，恍似闖進休眠的時空，擾人清夢，辦公檯、盆栽、文件櫃，被我驚醒過來。垃圾桶塞滿廢紙，是工作十小時後眾人合力的結晶，傳真機仍嗶嗶嗶不停響，十之八九是廣告單張，都是維修電腦、碳粉、打印機、文具、辦公室租賃之類的廣告，從城市某一座大廈某一層的角落傳過來，一張一張順序飄在地上。

我坐在電腦前，按拍鍵盤工作。外判清潔工人來了，開燈，四周頓時燈火通明，兩個胖漢，推動大型吸塵機，勤快抹檯、抹玻璃門、倒垃圾。平時，會嫌他們嘈雜妨礙工作，現今我反而覺得踏實，聽到他們滿嘴發脾氣的髒話，感覺重回塵世間。

然後，另有一個人，推開公司大門，往同事A的房間走去，要不是有清潔工到來，我準會吃一驚。是他回來了？我從窗簾葉片間的縫隙偷看，接近六呎高的身型，走路的姿態，直像同事A。他步履輕鬆，辦公室污穢不堪的地毯，在他腳下，就如一片翠綠的草地，眉宇間露出前所未見的坦然。膚色曬黑不少，剛在大海暢泳一番的清爽氣息。辦公室的燈光亮起，看樣子他是趁夜間回來拾執私人物件，不想遇見不想見的人？

我急步走入茶水間，把煮咖啡的工具清洗妥當，這些煮具，是同事A埋首加班時用的。他要取回嗎？其實，我挺想知道他突然離職的理由，同事間有不少關於他的傳說，眾說紛紜。

想不到，他的房間已關燈，走了。

回到自己辦公室，房門半開，檯上雜亂的文件，被人推開一角，摺疊整齊，旁邊傲然放着一杯剛泡好的咖啡，精緻的杯子、小碟子、小鐵匙，醇香與熱氣蒸騰。

地鐵的交匯站，四方八面人潮的污濁氣息向我湧過來。我的軀體，順着扶手梯下降的速度，向下滑落。地鐵車門左右打開，我擠進車廂中間，目睹一個半禿頭的中年漢，為爭得唯一的空座位，欣喜若狂。他坐下來，把厚重的背包往大腿放，雙腳交叉，眼鏡後的眼睛閉上養神，我相信，他會一直昏睡，直至到站開門的那一秒，才會立刻睜開雙眼衝出車廂。另一退休年紀的男子，弓身踡縮於一角，他似喝醉了，在車廂內入睡已久，也許從天水圍一直到港島，不知可曾醉醒。我腳旁席地而坐的青年，挨着他骯髒的速遞大袋，一對紅眼，死命盯住手提電話玩遊戲。地鐵的車廂明亮，分不清天與地、日與夜，永不止息的光芒萬丈。

列車突然停駛，傳來官僚的廣播：「前面列車尚未開出，本車將稍作停留，不便之處，敬請原諒。」數分鐘過後，毫無動靜，乘客開始嘀咕，喇叭傳來車長的話：「乘客請靜心等候，何時回復正常，無法知曉，而恢復與不恢復行駛之間，存在很大空間。」再過數分鐘，終於停了電，車中人卻異常平靜，比之前更靜，假寐的繼續假寐，還有更多人加入假寐的陣營，趁機在暗黑下逃遁。黑暗強迫我張大瞳孔，目睹這一切，我的嘴一張一合，像軟攤於碼頭穢濕不堪的泥地。卻有一道射燈，聚焦在我的腳踝。我思疑自己是車廂內唯一清醒的乘客，於是成為焦點。

回家打開門，是兩個鐘頭後的事了。我立即飛撲到洗手間解決。淅瀝淅瀝，一陣尿液酸臭混合強烈的咖啡氣味，是喝同事A泡製咖啡過後的小便。

想起哲學速成的話頭，事物沒有不變，適當時刻，經過轉化，總有奇妙的轉折。

終於可以安心睡一覺。先來個熱水澡，走進浴室，傳來樓上住客深夜回家洗澡的潺潺水聲，髒水沿污水渠，流過我家外牆的水渠，向下層單位流下去。我對着掛牆圓鏡，用洗臉膏清潔鼻頭污物，逐顆逐顆牙齒洗刷。點一盞薰衣草香薰，做數十次掌上壓，斟一小杯紅酒，套上洗衣店取回的睡衣睡褲，檢查一下大門是否鎖緊，一直是我睡前的習慣。

我平躺牀上，嘗試不同的姿態令身軀舒服入睡。街外遠處救火車嗚嗚駛過，大概不少人都給吵醒了。手提電話突然幾響震動，收到短訊，勉為其難打開：did u print out a copy for me，是大老闆發來的，時間是02:47。臉上的肌肉，不期然作了苦笑的形狀。江湖傳聞，同事A一直保持最早收到大老闆短訊的紀錄，04:26，今晚終於給我破了紀錄。如果他仍在，準會反駁：

「是最晚，不是最早。」然後，我會故作幽默回應：「沒有最晚，只有更晚。沒有最早，只有更早。」即使從未稱兄道弟，我們還是擊掌會心微笑。

何必在牀上輾轉，浪擲我僅餘的休息光陰。我下牀，開燈，瞥見牀腳一隻壁虎慌忙沒入黑暗的角落。抽口煙，站在露臺看街外的夜色，周圍都是屏風樓，沒一絲風。不能入睡的時光，我總會憶起中學生涯，深夜按鬧鐘起牀，看免費電視直播世界盃足球比賽，附近不少住戶燈光亮起，如同白晝，每有入球，歡呼轟然四起。我熟悉的足球評述員，都死了。煙蒂彈出街外。

換上去年被公司強迫參加十公里馬拉松而買下的昂貴跑鞋，戴上耳筒，Bossa Nova 節奏，腳踏舞步，走出大廈，闖入夜晚空蕩蕩的街道，我雙腳在跑，一直跑，這是今夜我唯一可以做的事。

原刊《城市文藝》第六十二期，二〇一二年十二月
二〇一八年七月修訂

小說者言

一個沒沒無聞的人，朝思暮想，寫一部驚世的長篇小說。

那個人，正是我。曾經出版一本短篇小說集，十多年前的事了，清心直說，書名和作者，早已給人遺忘。剩下賣不出去的數百本，東歪西倒疊在我牀底下的紙皮箱內，給衣魚日夜亢奮噬咬。我心不死，斷斷續續，寫寫停停，一年一兩篇小說，發表在本地出版的文學期刊，都是香港藝術發展局資助的。讀者諸君，你們有興趣翻閱的話，閒時到西洋菜街逛逛，闖過漫天遍野的人潮，走上二樓三樓的書店，或許還可以找得到。

以上的文字，這部小說的起首，是我盤膝牀上，敲打手提電腦鍵盤寫成。空氣浮湧腐乳炒通菜的濃烈氣味、電視臺六點鐘的新聞女郎報導、門外走廊的急促腳步聲。太陽徐徐降落城市地平線，日本人稱「逢魔時刻」開始了，傳說隱藏於橫街窄巷的魑魅魍魎，一一現身亂舞，準備捕殺覓食。這段時光，亦是我一整天最意亂心煩的時刻，直至天色無光，我忐忑不安的心，才稍為安定下來。

本土靠寫作小說過活的，珍貴如中華白海豚，瀕臨絕種的了。像我這種閒時寫小說投稿的，數目比較多，過着麻雀似的生活，跳來跳去，不尚汲汲經營。我在律師行當秘書過活，朝九晚六。英國一個赫赫有名作家的半自傳小說如是說，她年輕時為了生計當律師行秘書，有天她闖進老闆的辦公室：「我要辭職，我要寫部長篇小說。」老闆得體地笑了笑，她氣憤拍一拍檯面，掉頭就走。幾經辛苦，完成一部長篇小說，亦得到桂冠，雖則以後的生活艱苦如常。

我知道，這位作家不時假扮客人，大模斯樣坐在會客室的沙發椅，觀我現今的生活，搖頭嘆息。今天，明天，大後天，我如常早上七時起牀梳洗妝扮，乘地鐵上班去，接聽查詢電話安排會議泡咖啡預訂飛機票酒店處理文件，等等。我的理想生活是，星期一至星期五日間上班，晚上閱讀，週末足不出戶，埋頭在稿紙堆裏寫作。我不貪心也沒有野心，不是我不想成功，而是我有自知之明，我做事缺乏魄力，毫無計劃，最不幸的是，我並非才氣橫溢的早慧作家，雖則我上小學時已想當作家過活。

每每，繆思在我獨自一人來探訪我。星期日是唯一一天家裏只有我獨自一人。早上待家人出門往教會去，我翻出一疊草稿，一束鉛筆原子筆，鋪一張過期報紙在飯桌上，攤開原稿紙，執筆浮想，想着，想着，寫下第一個字，第二個字，就這樣開始工作。我是名乎其實的「星期日作家」。

有個存活在香港警匪電影裏的一個人物，緊緊吸引我。一個退休的中年警官，屈居在大角咀舊區的套房裏，為了專心書寫一部英文小說，以往雄糾糾，現今一副妻離子散的潦倒模樣。房內唯一的小桌子上，草稿堆積如小山，靠近座位的位置，騰空來放手提打字機、煙灰盅、外賣的咖啡紙杯。

電影裏這個人物，算是一個作家嗎？

片子裏他的畫外音：「那天晚上，某某在我面前消失了，上司要我看精神病科，我決定辭職。我沒有回新加坡，我決定留在香港，把他的故事寫出來，香港是故事發生的地方。」他嘴角叼着香煙，每打滿一行英文，便用左手把打字機滑架往右邊猛力推，叮！In the blink of an eye, X vanished like an evil in the night. 他要追查某某在警局密室突然消失的真相。我獨自坐在戲院內，靈魂出竅了，潛入他的套房，坐在他的位置，雙手嗒、嗒、嗒、嗒敲打着打字機鍵盤，「真相」、「truth」的美術粗大字體，或從地上牀上的一堆堆資料剪報竄出來，或從露臺飛進房內，在我的身軀四方打轉。或撞擊到牆角、天花板而粉碎，或飛進洗手間而消失，突然，大如巨石的字體擊中了我，身體瘀傷，頭破血流，鮮血從傷口滲出，會否失救而死，是題外話。但這個畫面真夠滑稽了，哈！那怕我半死昏厥，「真相」、「truth」二字停留在我的腦袋的上空盤旋不散。

他可以離群索居，晨昏顛倒，寫作、寫作、寫作，是我一直渴求的生活方式。小說的草稿資料筆記剪報滿地滿牀滿桌堆積，文字漫天起舞，一部長篇小說完成前的真實狀況，滿目瘡痍。

上面幾段文字，關於電影裏一個人物在套房內的寫作景況，是我在官塘工廠大廈的劏房內草寫而成。是的，因緣際會，我租了一間五十平方呎可作迷你貨倉亦可作一人辦公室的封閉密室，作我工餘書寫這部長篇小說之用。

我在電影院觀看這一場戲，油然萌生一個理想的寫作環境。不要整齊、乾淨、寬敞。要混亂，紙張、稿紙、資料、材料堆積如山，加一把火，寫作室內的氮氣，燃燒自己的妄想，尋找構思中故事的血和肉。

我坐在寫作室內，埋首書寫這部長篇小說，不時喃喃自語：「瘋狂。瘋狂。」「立志寫一部長篇小說的人，是瘋子。」瘋子！瘋子！瘋子！我自言自語，有時不禁大叫出來，瘋子！瘋子！以壓抑我或變成瘋子的可能。香港的瘋子特別多，尤其二〇〇三年瘟疫之後，經濟不景氣。在地鐵車廂內，下班的時段，坐在對面一排乘客中間是一個中年肥胖婦人，上班族的黑色套裝皮鞋手袋，我以為她一直閉目養神，突然，她大喝一聲：「咁多人死唔見你死喎！」罵罵罵，罵她的上司，罵政府，雙眼依然緊閉，臉容語氣充滿憤怒怨恨。像睡夢中發開口夢，很明顯，她是個瘋子，鄰座的乘客紛紛避走其他車廂。我是寫小說的，略略了解人情世故，乘客避開只會令她更加瘋狂暴躁。「Animal！」她向那些雞飛狗走的男女大叫，口沫噴出來。我只有死命忍受原位不動。

我居住多年的屋邨，街上經常出現兩三個似曾相識的瘋子，他們在街上迷路似的，在屋邨人流交匯處浪蕩。一個潦倒的中年酒徒，乾坐在便利店的玻璃櫥窗外，手握啤酒，腳跟旁一堆東歪西倒的空罐、空玻璃瓶滾動。他一瓶接一瓶喝個清光，雙眼充血表情呆滯，不願從昨夜的宿醉清醒過來，袴下總是濕漉漉。深夜時分，他腳步顫巍巍沿着馬路中央的白線走，依然手握啤酒，指手劃腳，對着天對着地狂吼，咕咕嚕嚕的醉話，咒罵他身處的社會如何敗壞。突然一輛汽車駛過，他向司機發炮：「仆街！畜牲！」嘔一口啤酒像一盆水潑落路過的房車。我半坐在牀沿，在屋邨一角的高層房間向窗外望，直至街頭回復寂靜，再次睡覺去。

某個假日，我在茶餐廳吃過下午茶，回家路上橫過馬路，一個認識的朋友就在眼前走過。他喃喃自語，一種與人辯論的語調與聲調，但他是獨自一人走着，光天化日下的夢遊者，對周遭的路人視而不見。

他對我說過，寫作，一定要注意聲調，要大聲朗誦出來，要抑揚頓錯有致。他習慣一邊走一邊誦讀正在構思的文章，影評、散文之類，刪改聲韻與含意衝突的字彙。他贈送給我的唐詩三百首詳析舊版本，每句都批有聲調。噫吁嚱危乎高哉！蜀道之難難於上青天！仄平平平平平平，仄仄平平平平仄平平。

我偷偷跟蹤他，距離他七八步之遙，跟着他走入公園去，一直偷笑他自說自話的神態。

他吐出腦海的文字，唸誦的節奏，跟他的腳步配合。他在公園裏走着走着，我幻想他是活在漫畫裏的人物，氣泡狀的話匣子，撿拾他吐出的一個字接一個字，一個音節接一個音節，氣泡，一個又一個升起，懸掛在樹上，夏天纍纍的果實。他絮絮不休，氣泡也支撐不住他的思緒了，逐漸膨脹，往外擠至爆裂，文字溢出，墮落地上散落四方。我叫他：「阿武！」他完全沒反應。「阿武！」我推他背脊一把，嚇他一大跳。從他震驚的反應，可見剛才他完全活在自己的文字裏，外邊的世界一片空白。據說，自此之後，他不再在街上自言自語了。

每個不能壓抑創作一部長篇小說欲望的人都是瘋子，尤其在香港，他們甚至認為不會有出版社為他們出版，就算有幸得到某書商賞識，不給你稿酬、不給你版稅也並無不可。商人肯花錢出版一部小說集一部長篇小說已是敗家花錢的功德，符合這個社會對文學理所當然的態度。

在公園裏，我們談論寫作。正確的說，我談論自己鍾愛的文章，我是既自私又自我的人。

「〈判決〉，卡夫卡的不朽短篇，在他給菲莉絲的信裏寫道，是一晚之內完成，由晚上十點開始，直至翌晨六點，八個小時內一氣呵成。以香港的時間觀念，即是說，花一個工作日的時間，加上午飯時間，便可寫就一篇經典。」

「那只是一個傳說。」

「是真事來的，卡夫卡在日記有記載，這個故事是他沾滿污物和粘液的正式分娩。我一直等待這個神奇時刻，可以擺脫以往的感傷風格，寫出現世的光怪陸離，我不知道箇中究竟，總之，是給人脱胎換骨的感覺。」

我學習卡夫卡，利用晚上時間寫作，吃過晚飯，把自己關在睡房裏，寫作至凌晨時分，由一個「星期日作家」轉變為「夜間作家」。

有長至四、五年時間，我一直尋找恰當的角度，敘説城市裏唯一一頭大象的故事。我越想捕捉這頭大象，安放在文字敘述之間，牠越悚懼逃得老遠。有個早上，我乘巴士往香港島半山的大學，替老闆送交一份重要文件，真的非常重要，是他女兒報名入學的文件。我望出巴士窗外流動的街道風景，暖和的氣候，花卉怒放的姿態，這時一個念頭竄進腦海。小説以描繪機械吊車展開，突顯高度發展城市的冷漠。語調一如童話、節奏一如童謠，文字淺易、句子短促，求得反差效果，遊樂園用作觀賞的動物，在這個城市悲哀的開始與結束。

小説開門見山，敘述工人如何用吊車，把大象天奴的遺體從城西的荔園遊樂場，運載去城東的將軍澳堆填區，堆填區早已挖出一個大洞埋葬大象。我在圖書館找到一九八八年的新聞剪報，工人花了大半天時間才把牠的遺體運走。報導新聞的記者，一直緊緊跟隨吊車，進入堆填區，目擊工人把天奴的遺體下葬，香燭衣紙具備，時已深夜。小說的敘述者正是這個新聞的記者。

小說起筆的靈感來自卡夫卡的〈流刑地〉，作者有關行刑工具描寫非常詳細。那段日子我以卡夫卡為榜樣，念茲在茲，他的作品如溪水如霧靄滲入我的創作思緒。我打算晚上在家，上牀前可以寫寫開頭的段落。

當晚，我一個字都寫不出來。下午我回到辦公室工作，門開門關的刻板聲響、闖進來的陌生面孔、影印機老是卡紙、飲水機的蒸餾水又喝光，早上難得來訪的繆思，一條汗毛也不曾留下就隱身離去。我的腦漿直如沙堆、空氣、霧水，流掉了。留待明晚寫吧，明晚我大概可以寫個開頭。我空洞的身軀上牀，懊悔浪費了一整天一整晚，期望明天多寫一千幾百字，填補今天浪擲的時間。翌日，我手執原子筆，再次嘗試把裝滿腦袋的片語殘句寫在紙上，潦潦草草寫下兩三句，便感到乏力。我又帶着同樣的心情與期望上牀。

直至如今，這個故事仍然沒有一個開始。

我最想得到的，是促使我日復一日書寫的驅動力。我像個精神病患者無時無刻在找尋，也許是某本小說的文字魔力，也許是某個作家的一句說話，也許是某個作家用打字機寫作的姿態，他的書房的擺設，他的草稿，無論是打字機也好，是手寫也好，草稿滿是作家的修改筆跡，給我看到他思索的痕跡，如何創造令人讚歎的文字迷宮。也許是再一次浮現電影裏的作家的寫作室畫面，也許是編輯打來追稿的一通電話。於是，我再次可以執筆，寫下一個文字接一個文字，敲打一個按鍵接一個按鍵，為要模仿某個作者的手勢，雙手在鍵盤，蜻蜓展翅。

我在夜間寫作，特別有一種強烈的想像，想像此刻城市某一幢大廈某一個房間，也有小說作家在筆耕，他們或用電腦輸入文字，或用紙筆寫下文字，他們的文章會發表在報刊、文學雜誌，會印刷成書。或許我們認識對方，或許我曾經閱讀他們的作品，此刻，在城市某一個角落他們確實存在。

我不曾在深夜完成一篇小說，草稿紙上留下零零碎碎的片段，潰不成章，慘不忍睹。如是者，我做不成「夜間作家」。冷酷的城市的夜晚。

我是懶散的寫作人，亦缺乏想像力，我貴在有自知之明。

「創作，毋需每個人物，每件事件，都是真實的，可以是杜撰的，可以是想像出來的。」

「但是，我這個人，就是不能夠想像虛假的人物、虛假的情節，不是說我缺乏想像力，我仰賴想像力，做藝術的，一定要有想像力，我喜歡超乎想像的藝術品，電影啊，漫畫啊，圖畫啊，舞蹈啊，詩歌啊，富有想像力的作品吸引我。但是，真真實實的作品更具震撼力，尤其是照片、紀錄片，摘取現實某地某時某人的光影瞬間，稍縱即逝，把生命的一瞬原原本本捕捉，當中的力量更能爆發出來。」

我坐在客廳的飯檯前起草這部小說，酷熱天氣令我汗流浹背，身體發出汗臭味。赤足，我喜愛腳板感受地板的踏實感覺，這處一隻那處一隻孤獨的螞蟻在地板上盲走。

「地板上怎可能突然有一隻兩隻螞蟻？」

「但是我真的是看到地板上有螞蟻。」

「就算有螞蟻，也沒有什麼意義。」

「但是牠們真的在我寫作的時候出現。」

獨自站在向西的客廳，光束裏的塵埃在我四周飛揚，瘋狂而亢奮。我的內心突然湧現一個想法，我的思緒、我的想像力要如眼前的塵埃，我走進茂盛的熱帶叢林尋訪繆思。

有個美國漫畫家，她的作品改編成電影，說一個在紐約無處棲身的女子，在早上刷牙洗臉時，看見鏡子裏的自己變作椅子，後來在街上被路人拾回家裏去，她於是不用工作也能有個棲身之所。我真希望這是我的作品，我可寫出如此想像力豐富的小說。我立即在互聯網搜索她的資料，她上牀前會把筆記簿放在牀頭，準備隨時記下她的夢境。嘿嘿，行了，我把筆記簿和原子筆放在枕頭旁邊，睡醒立即記下殘留在腦海的夢境，凌亂也好，總之用文字記下來作草稿，日後修改。

幾個月下來，筆記簿裏空空如也，一個字也沒有，我一個夢也沒有。或許是有的，睡醒完全無力記下來。

寫作的最佳狀態，是想像力介乎於半睡半醒之間，潛意識與意識的模糊地帶，星河與宇宙。敘述中的人物如夢遊者，背景如夢境。越接近潛意識越佳，察覺到想像力挪到現實意識的一方，也是時候擱筆了。

原刊《城市文藝》第七十一期，二〇一四年六月

放逐

一

一種異常的感覺，越來越強烈，在我體內翻騰，滋生漫延不可遏止。上班時間緩慢擠進地鐵車廂，我常有被拉到一角剃頭，灑遍消毒藥液，換上囚衣登上火車，開往集中營毒氣室的幻覺。到了天后站，一個窄身黑色西服的男子走進車廂，無可奈何被後面的乘客擠到我的面前，他瞄我一眼，閃過枯燥無味的表情，繼續把玩智能電話。他的電話幾乎蹭到我的鼻尖，我稍為向後移，該死，手袋就滑落地上。假如我不是個衣着古肅的中年女人，這男子準會笑着替我俯身拾起。「下一站北角。」我抓緊手袋，擠開一個個不動如山的上班族人，最後踫正一對年輕男女在車門前擁抱得死去活來。甫踏出車廂，另一波韓國劇集主題曲、日本網上遊戲燥熱的聲響猛然轟進耳窩，我回頭一望，恍似見到無數手提電話、平板電腦的光線交織，映折出薩拉熱窩的羅密歐與茱麗葉令人肝腸寸斷的幻象。

北角，工業大廈頂層十五樓，出版集團總公司。我懶洋洋從手袋掏出合約職員證掛上。坐在玻璃大門後的接待員又遲到了，辦公室內的職員就是冷酷得不會走出來給我開門。我不得其門而入，呆看升降機顯示燈號，升起又降，降了又升起，浪擲了我五分鐘的時間，我承認缺乏耐性是我的本性。終於電梯在十五樓停下打開，是總務主任，全公司最面目可憎的人。舉凡可以做到總務主任，又晉升無門的，往往是馬屁精、老油條。我向他微笑：「主任，早晨。」一如所料，他頹唐的面頰動了一動，皮笑肉不笑，嘿嘿。他用慣常的手勢，舉高手掌遮蓋大門的密碼器（右腋夾了兩份從地鐵站出口取來的厚厚免費報紙），再用左手快速按鍵，嘟嘟嘟嘟嘟，玻璃門自動打開，我本能地跟隨他走進去。無暇思考有關人類尊嚴等哲學問題，此刻的處境簡單，我的腳步既不能快到踏到他的後腳鞋踭，也不能慢得卡在自動玻璃門之間。

公司最隱蔽的角落，原本是閒置的雜物房，放有寫字檯、兩部掃描機和電腦。翻開昨日掃描還未完成的圖書，放在玻璃鏡面上，按鍵，一條綠光緩慢橫移。一部過時的掃描機，那條綠光，由左走到右，漫長得像日出與日落之間的過渡，快到世界的彼岸。我總抱持從生走到死的心情，一直守候。完結，翻另一頁，按鍵，同樣的心情守候。我正掃描羅冠樵的《兒童樂園》，一邊想起小學健教老師的話，小朋友要保護眼睛喔，間時眼望窗外綠色的樹木山林。你可能認為，怎麼不沖杯咖啡，一邊看閒書一邊掃描呢？在這侷促的工作環境，抱歉，我連看書打發時間的心情也喪失。早前喝汽水拉開蓋掩，「渣」的一聲泡沫噴射弄髒地毯，立即幾個人頭伸過來看，「合約員工就是這副德性，從來無心工作。」

偶有雜役送遞文件，把圖書、檔案或什麼拋到文件盤，「嘭」的一聲巨響，萬般不屑。十之八九來自一個叫「圖書電子化計劃」的小組，我從不知該小組是何方神聖，位於何處。總之我按照程序，把掃描妥當的圖書，插上寫有電子檔案號碼的白色條子，塞進待發的文件盤即可。但是，完成的文件總無人取去，擺在那裏發霉，似乎想等待太陽熄滅無光的一刻。有些文件用紅筆寫上「特急」二字，囑咐需用光碟儲存。那些往往是職員的小朋友的東西，小學生週記啦、圖畫啦、獎狀啦，還有稅單、電費賬單、明星離離合合的八卦雜誌。剛剛完工，立即會有人取去。

同房裏還有另一個負責掃描的男子，已不見蹤影兩天，或許三天。有時他會失蹤半天，有時一整天，然後，某時某刻，又見他呆呆坐在掃描機前。這次，他應該不會回來的了。初來到埗時，某路過員工指示：「哪部掃描機沒人用，就坐那個座位。」那男子小解回來，見我佔了他慣用的掃描機，呆一呆，退後站在一旁注視我，初出茅廬的靦腆。翌日他竟然花大半天剪剪貼貼，把他常用的鉛筆、原子筆、間尺，甚至掃描機、電腦，都用膠紙貼上名字。他離去了，掃描機的蓋面壓有一本等待掃描的圖書，葉紹鈞《稻草人》。

手機鬧鐘依然未響，還要再等三十分鐘。我已反覆盤算過數十次，毫無破綻。下午有一個難得的面試機會，若然成功，我頭也不回離開這個鬼地方。首天上班時，總務主任擺出無上權威的面孔：「合約工有事請假，扣薪，起碼半日計算。」我就偏偏不請假，跟無理的制度作對，遊戲一場方知勝負。越接近作戰時間我越緊張。

14:45，是時候出發了。我把手袋放入公文袋，左手抓住一本圖書，假裝要把文件呈送。輕輕推開辦公室玻璃大門，放輕腳步，飛奔走下樓梯，一層又一層，噠噠噠噠噠，一直跳到地面街道。後巷一陣坑渠毒油異味，吃剩的煙屁股，歪七豎八塞在垃圾筒頂，煙霧瀰漫。我急步走到電車站，躲在廣告牌後。車來了，衝上車廂，挑一個暗角位置站定。電車開行，眼望流動的街景，心情恍惚，來到異境——真身留在辦公室，端然對住掃描機，等待那一線橫向的綠光由生至滅。靈魂則逃離困頓，寄托於行駛的電車，在街道茫然飄蕩。銅鑼灣下車，到商場洗手間整理一下，抹汗補妝。

回北角的電車，乘客疏落的車廂，竟遇見以前報館的總編輯。他坐在上層車頭側坐的椅子，恍似酣睡如夢，雙手按住腿上有點破損的真皮手提包，情義上他仍是我的「老總」。我站到角落不便打擾。電車向前衝了一下，他張開惺忪雙眼，轉頭看看車廂外的街道，於是察覺到我的目光。我上前問好，他斷斷續續説道：「去上班？哪一間公司？……啊，仍是那個……工作還可以？現時工作難找，既然有得做，就繼續做下去。」他伸手入公事包內找出他的新咭片，遞一張給我，他在某本藝術發展局資助的刊物當主編。我們一組人各散東西，只有我甘心被調去收購了報館的集團，老總鍾愛的門生都有能力另謀高就。他對我還是不錯，機會來了提攜我一下。老總呆滯的目光，令我意會他的日子也過得勉強。我仍浸淫於剛才面試失敗的憂鬱。求職信上我故意不寫年齡，才混得一次面試機會，否則我會對老總吹噓，快去某某雜誌上班，發薪水後請他和舊同事敘舊。

我先下車，立於紅綠燈前，待瞧不見他的身影才離去，這是我多年的習慣。我走入橫巷，沒一個人，依然有一陣不散的香煙惡臭。再次把手袋放進公文袋夾緊，疾步踏上後樓梯，一層又一層的爬，氣喘如牛，腳步越來越慢，我要16:45前到達，有人會來取掃描文件。十五樓，我立在玻璃大門前偷看，沒一點聲息，彷彿人人都在午睡。我輕輕而慢慢按下密碼，5.3.7.7.6.1，「啪」的一聲，bingo！這個密碼像千年古謎一樣，我用神奇魔法將大門打開。如非計劃偷偷面試，過去數日，我不會努力偷看同事按密碼的手勢。

我理順呼吸，抹去額頭的汗水，放輕腳步走進辦公室，若無其事沿牆步往角落處的茶水間，斟了半杯水，施施然走回座位。時間16:38，我暗暗自喜，成功偷取原本浪擲於公司的兩個小時，小勝一仗。瞄瞄桌面，多了一個白信封，寫上我的名字。難道行事失敗了，是警告信？還是解聘信？打開一看，是支票，首個月的工資。票上的銀碼令我面紅，我飛快塞入手袋，唯恐給閒人瞥見上面的數目。這是我工作以來最微薄的薪金，頹然的感覺油然升起。

二

一個月前一同奮鬥的同事，都有着落了。副總編輯帶走整組人跳槽去新聞網站工作，只有老總和我落單。我偷看他們的社交網頁，辦公室坐落九龍灣的工業大廈，設計仿照美國網絡界，據説各級別的員工可以在辦公時間打乒乓球、踏單車、飼養顏色繽紛的熱帶魚、天臺種植有機菜蔬，收成時大家一起弄新鮮沙律，伴出爐蛋撻、炭燒多士吃。他們個個都視工作如遊戲似的，享受充實且快樂的生活。

而我活得像被囚的史前爬蟲類，站在工業大廈的天臺，獨自吞下生冷的青菜沙律，蠻荒似的淒涼世界。我不想可憐自己，但我已吃下不知多少的杯麪、即食義大利麪、辛辣薯片，喝了幾十罐汽水，依靠濃烈味精的東西刺激口腔味蕾。

回到掃描房，有位長髮及腰，穿旗袍的中年女士正襟危坐，雙手戴上薄薄的白色絲絨手套，慢條斯理翻看我檯面上一本接一本的圖書。數日來被掃描機蓋面壓住的《稻草人》、羅冠樵舊漫畫、《兒童樂園》，都給她取去。她一絲不苟的姿勢，令我聯想起從前看市政局藝術節，西方歌劇女高音揑起嗓子，吟唱各種不明所以的悲歡傳奇。說她是陌生女人不對，說認識亦不見得。她是舊報館人盡皆知的「古着女」、「旗袍女」，洋名瑪姬，因高挑而瘦削的身型被謔稱「貓骨」。關於她的傳說紛紜：「上海名門後人，《阿飛正傳》、《花樣年華》啊，貴族女校出身，我表嫂曾就讀她隔壁的中學。」「古着女又在洗手間對鏡紮頭髮，唱義大利歌了。」「聽說她少女時曾與費里尼通信，到義大利留學，前夫是左翼領導，八十年代幾乎選上拿坡里市長。」

我注意她用的小挽袋、鎖匙包、銀包，全是碎花圖案裝飾的布製品，已洗得發白，卻不換新的，似是年深日遠累積了感情，許是青梅竹馬送她的紀念禮物？

「電子化計劃組」的圖書，都一一給她整理妥當了，齊齊整整，一本疊一本捧起拿走。她婀娜多姿，歌劇女皇一樣的姿態，沒跟觀眾揮揮手就轉身離去。我像一個觀眾，差點忘形鼓掌。

每隔幾天，她會上來整理書籍。我沒有對她說，我曾與她同在一報館共事。一來難堪，淪落為合約職員，二來我想隱藏身份，從她口中套出更多她的故事，跟老總、舊同事聚會時略作談資，三來，總覺得交朋結友很徒勞，也不知如何與她稔熟。

偶然有次我走到天臺開小差，不期見到瑪姬的長髮在風中飄搖。我嘗試走近，她笑了一下，像很久不曾談話，聲線沒抑揚頓錯：「妳是《城市日報》來的吧，是林老總那一組人。」

我唯唯諾諾，昨日風光對照今日淒涼，也沒什麼好談，便想逢迎她：「我讀過妳的書評，有篇談卡爾維諾小說，寫法啊、見解啊，都別出機杼，真是佳作。」

她眼神難掩雀躍，唯語氣依然平淡：「是嗎？我寫過卡爾維諾嗎？倒沒什麼印象，像往池水投進一塊石頭，水波不興，香港就是如此。」

之後，物以類聚，兩個落單的舊同袍，似乎就有了相濡以沫的默契。如斯無聊的工作，她亦如此認真，我衷心佩服。見面時打個招呼，在偏僻的餐廳吃個廉價而無味的午飯，談談某個冬夜她作旅人，香港各式文壇笑話。她談話不依時序邏輯，時而抒情，時而眉批。她不談舊報館的事，我亦不問各種「古着女」的奇聞，似是不成文的禁忌。辦公室同事開始謔稱我倆是「雞仔姑」，一個衣着古老，一個衣着古肅云云。

有天下班撞上不大不小的雨，見她沒帶雨傘，呆在大堂等候。我舉傘與她走去小巴站。走着走着，她突然停步，默然不語，望住我良久，好像想吐出不知什麼心事，一個秘密，已等候很久很久才找到對象說出來。我有點猶豫，幾乎想逃走，以制止她說出來。

「我極有可能轉去雜誌部，正職編輯，極有可能。」站在人潮中，她簡直要像喝罵我般說出來，唯恐我聽不清楚。我做出替她高興的表情，心裏則有被遺棄的感受。怎麼可能呢？原來是集團免費贈閱的文化月刊《喜閱》，她今朝去面試，見過總編了。聽說她拿出履歷，對答如流，對方目瞪口呆。當然只是她的印象。「別跟閒雜人等說，還未確定的，妳真的不要說出去。」狂喜跟罪孽一樣，很難久藏心中，總要找人傾吐。她是信任我的，我不是她的同事，而是她的朋友，對嗎？

目送她上小巴，我立即用手提電話上網瀏覽集團的網頁，「誠聘資深編輯，五年編輯及採訪工作經驗」。我想了整晚，我不是要搶她的職位，那根本不是「她」的職位，況且，網頁上的招聘廣告仍在，表示還未找到適合人選。長夜漫漫，我發高燒似的在牀上翻來覆去，喃喃自語：「我要得到那份工作，我一定要得到那份工作。」醒來猶記得夢裏的景象，我置身寧靜而光明的辦公室內寫稿。這分明是啟示。

翌日，我求見《喜閱》的總編，推開他辦公室房門，夢境一樣的光明燦爛。總編樣子老好人的一個，我極盡禮貌之能事，如面對我將來的上司，雙手向他遞上求職信，即使滿腔不盡不實，臉上堆滿熱誠與殷勤：「我有十年雜誌報館經驗，人脈豐富，編採攝一腳踢，文壇祭酒、康城名導都曾採訪。」我沒忘記他跟舊老總相識：「林老總是我的推薦人。」

剛踏出辦公室，一個妙齡女子追上來，樣子開朗伶俐。

「妳是《城市日報》的林小姐？認得我嗎？我是Lavina，以前在妳的部門當過暑期intern，跟妳去過採訪獨立電影節的活動，結識了不少導演、演員呀。」

「啊，妳記得我？年輕人腦筋好。」其實我不認得她。

這公司從來沒人主動跟我打招呼跟我說話，Lavina是第一個。在香港，她會是熱情得過分的女子，會對街上的陌生女人不經意的讚美：「小姐，妳這裙子很漂亮，太漂亮了。」她自稱剛剛辭職，到澳洲過一年的工作假期。「我一直好想好想在澳洲度過二十五歲的生日。」

「打算留在澳洲發展，或回香港繼續編輯工作？」

「生命那麼漫長，還未有什麼打算呢。」

三

摸黑找到十三樓的燈掣，按下，驟然亮起澄黃的燈光。空氣瀰漫紙張發霉的氣味，我像走進遇難船隻的墓場，一輪氣泡散開，無意闖進死者的書房。眼前是藏書閣模樣的空間，四壁擺放深棕木書櫃，塞滿數個世代的古籍。靠近大門的一個四方間隔原是瑪姬的辦公室，靠牆掛有毛筆直幡，挺秀氣的楷書，「圖書電子化計劃組」。這招牌顯然是她自作主張弄成的，猜想是她的墨寶。這裏，就是她一人打理的「圖書電子化計劃組」。這天開始，我接替她的職位。

午飯後，她走下來探我，她當上《喜閱》的編輯了。

「是我私自跟主任說的，推薦妳接替我這職位。好歹當個全職員工，薪金比上不足比下有餘，總比當個合約員工高尚。」

「多謝，其實我早有自己的計劃。」望着她似笑非笑，我故意欲言又止稍作反擊。她經常向主任刺探我的私隱，從我的履歷，到薪水的銀碼。她明知我也有申請編輯工作，算什麼意思？

「那妳有什麼打算？」

我故作平常：「合約到這個月底，就算找不到工作，我也會離去。」

我不理會她，從櫃面拿起一疊完成掃描的圖書，走入圖書館安放，不為意給門檻絆倒，「呀！」大叫一聲，整個人連同手上的六、七本圖書翻倒在地。不覺得特別痛，只疑惑她為何全無反應，見我摔倒也不來幫我一把。我轉頭望她，見她坐在我的椅上四肢顫抖，眼睛睜得大大卻沒有焦點。我上前安撫她：「唏，小菜一碟，沒受傷。」她聽而不聞，視而不見，眼睛定定望着我剛才絆倒的方向。

她受不住突然其來的刺激，驚惶得牙齒格格作響。我打開暖水杯給她水喝，她喝不下。我不方便繼續工作，只好靜候。過了好一陣子，她可以拿起水杯，吞下隨身帶着的藥丸，目光開始有焦點，可以給我反應，精神尚算回復。放工在十五樓打咭時，見她走過，已回復平常，一樣冷靜如恆。

老總曾在飯局談過：「瑪姬這個人是有點麻煩的。」要發生的事終要發生，即使已比我想像中遲。平常的一日，快到六點鐘下班的時候，編輯房有人高聲爭辯，聲線越見激烈，變成男女大吼大叫的爭吵。我調職來此處三個月，一直水靜鵝飛，難得遇見一場騷動。辦公室眾人個個充耳不聞，埋首桌上電腦，有小輩少見多怪，露出不耐煩的表情。

然後，房內開始有桌椅撞向牆角的聲音，激烈到總務主任不得不出來處理，輕敲編輯部房門：「老總，沒事吧？」有人負起責任，辦公室其他職員趁機收拾，不用半分鐘就走清光。那把尖銳的女聲，我認得是瑪姬，也走去看看熱鬧。我偷看房內，只見她按捺不住震怒，語氣狂傲，似因總編棄用她的訪問稿而發狂。他擺出更強硬姿勢，她更激動，察覺門外我們圍觀，先一手將主任推出房門，再想拉下房門玻璃窗的百葉窗簾，卻猛然整塊扯爛。我忍不住衝口而出：「唏，不要再發神經了！」似乎全世界都在這一刻靜止。她臉朝室內不動，見不到她的神情，門緩緩關上。主任打個哈哈走了，我亦只好離開。一邊走出去，一邊繼續聽到她不絕於耳的叫罵，混雜上海話、義大利話，反駁主編對她的批評，但顛來倒去，聽不清她究竟說些什麼，只令我聽出悲傷。

往地下大堂急降的升降機廂裏，我猜，明天她會請假吧。待兩三天過後，她冷靜下來，我才打電話問她如何，如果她主動給我電話就更好了。深夜我終於搜尋到瑪姬的社交網頁，她於數分鐘前貼了一條音樂短片，約翰連儂反覆唱着：Oh no, you say Goodbye, and I say Hello……。她的瘋狂，反使一種生機的希望在我心裏萌芽，壓抑已久的欲望，是油然湧現的。這只是瞬息即過的想法，模模糊糊，我極力壓制這種想法。我為自己的冷酷感到不安。

四

染了頭髮，換了新款眼鏡，印了簇新的名片，我搬到Lavina原來的辦公檯，終於有獨立的辦公地方。她畢竟比我年輕二十年，人走了，辦公檯仍留有一種年輕女子朝氣充沛的氣息。我特意到又一城商場買給她的紀念品，卻沒帶走，塞在辦公檯最底下的抽屜。各種不同風格的紀念品，或許是她前幾手同事的，也或許是她遺留下的，「我曾經在這裏。」

前天Lavina在社交網頁寫下在澳洲的工作假期，她到廉價餐廳試工一星期，幹水吧工作，一直沒發薪：「他們以為我會知難而退，但星期一香港人老闆見我準時上班，嚇一跳呢。我不會輸的。我會給自己加油！」她的天真令我啞然，曾想好言相勸，但並不相熟，亦無謂倚老賣老。

編輯會議間，總編稱急需一篇訪問稿，作今期《喜閱》月刊的人物專訪。我提議訪問網上議政團體的新文化人：「一來近來本土意識濃厚，二來我們好應拓展年輕人市場。」

他想了一想，問大家的意見，是否有更好的選擇，例如訪問一位通吃兩岸三地的「意見領袖」。其實他早有盤算，心裏有數，已跟文化人約定在中環酒店的咖啡店，甚至寫下幾條我必需問的題目，宣傳他即將發行的新書。無人異議，我亦無言以對。

會議冗悶，秘書談到瑪姬，我突然驚醒。

「她寫的新書評論，如何處理？一篇三千字，一篇四千，用她的本名發表？」

「今期一篇，下期一篇，作者署名『編輯部』。」

讓凱撒的歸凱撒，我想開腔替瑪姬爭取什麼，例如起碼要先徵得她本人的同意吧。但午飯時間快到了，我聽到眾人我欲歸去的心聲，最終默然。

翌日，接待員輾轉把瑪姬的來電接到我的檯頭。她一開口就連珠炮發，略帶懇求，要求雜誌不要刊登她的書評：「拜託，拜託，還給我。」我只可以重複總編的指示，一遍又一遍：「文章是在辦公室時間寫的，書評版權，刊登與否，全屬編輯部擁有決定，合法合情合理。」糾纏二十分鐘，她突然掛上電話。我不懂她何解如此堅持，到底她想取回自己的作品，還是想消去自己的所有留痕？我想起一個「哲學」問題，凡人皆妄想，死前於世上留下一些什麼物事，有人反其道而行時，到底是何種心理。

接着幾個月，秘書偶爾會接到她的電話，要編輯歸還她這半年的書評版權，有時她會要我接聽電話，但我都會叫秘書推説人不在公司。我曾擔心她會私下給我電話，誰知沒有。想起我們從來不曾私下通電話。

五

有一個星期六，我中午下班後，直接乘電車往銅鑼灣中央圖書館。總編吩咐我替他女兒取預約了的英文圖畫書，順道幫她影印報章資料做家課報告。剛加了三百九十八元薪水，我亦不好推辭。是日風和日麗，我在圖書館的人群裏推推撞撞，終於來到報刊閱覽區，取了輪候號碼，向櫃檯的職員要前年七至八月的一份免費報紙。

「本館現時並無提供借閱免費派發的報紙。」

「怎麼可能？香港不過剩下五、六份報紙吧。」

「我回答妳的問題了。」

竟撲個空，我有點擔心，老總緊張女兒的家課多過我交上的稿件。我急忙想找方法解決，眼睛環顧整層報刊閱覽區。不遠處，有個依稀相識的女子，雙手施施然推着書車走過，一邊把四處亂放的報刊執拾好放在書車上。她的頭髮剪短了，換上圖書館外判員工的一式橙色背心制服，腳上黑色防滑密頭平底鞋。她的腰身挺得直直，神情肅穆，似有滿腔不以為然。突然，一個猥瑣退休男人走來把他手上的雜誌使勁丟向她的書車，力度太猛飛跌落地上，嚇了她一跳。男人大模斯樣而去，她怒目注視男人的背影，直至他闖進升降機裏去。她俯身把地上的雜誌拾起，雙手戴着的，依然是白色絲絨手套。

原刊《香港文學》第三六一期，二〇一五年一月
二〇一八年七月修訂

江湖

一

外邊污染模糊一片的海港，在炎夏正午底下靜默。隔一度玻璃幕牆，我置身氣溫十度左右的封閉空間，周圍的人型物體皆噤若寒蟬。肩膀緊緊裹上薄毛衣，天花板的中央冷氣向我的頸項直鑽，頭頂初長的短髮順住風勢一面倒，似是冬日曠野上初生的一小叢枯草在掙扎求存。我按捺不住，放下寫字檯上的文件，拉開低層抽屜，扯出一條粗毛冷頸巾，咿呀咿呀，被人淩虐的無辜哀鳴。我把頸巾圍繞頸項一圈又一圈，打個結，上半身胖嘟嘟。鄰座同事立即向我投來目光，嘴角偷偷彎起。我的模樣一定很可笑，像北極冰天雪地上的愛斯基摩漁夫，在一望無際一格連一格、一排接一排的辦公間格，只有我這個特立獨行的雪人。像我這樣一個不苟言笑的女子，給她們枯燥無味的上班時間偷閒竊笑，算是對入世未深的初級女職員些許貢獻。

啪！辦公室大門乍然推開，一個不修邊幅的男人，步履闊大走進來，打通一個洞口，把被摩天大廈玻璃幕牆隔絕的人世間帶進來，洶湧波濤撲向我身邊的涯岸。街道飄浮灰塵、污濁空氣、路人的不安不耐煩、汽油味、塞滿吃剩飯盒的垃圾桶、香煙氣味、冷氣機的水滴、後巷坑渠的酸餿臭氣。他是影印機維修員，跟木口木面的接待員打招呼，她似有些微言，埋怨他臨近午膳時間才到來修理。他毫不理會，直走向辦公室的角落處，路經我身處的行政組時，一陣熱風似的吹過。影印機蓋面貼有一張白紙，OUT OF ORDER，他一手撕掉，捲成一團丟開，脫下他的背囊放到牆角一邊去。

他除去頭上的鴨舌帽，散髮亂飈，額前大汗淋漓，直流到下頷，滴到衵衫領上。他從外邊三十四度氣溫的亞熱帶，進入十來度的北歐空氣，流露涼爽的快感，給我目睹商業大樓內的中央冷氣系統的存在價值。

我懶洋洋敲打電腦鍵盤，斜眼偷看他的舉動。他檢查影印機的電源，按下開關，機內有地方卡住了。他打開影印機的面蓋，將內部各機括拉開揭開，探頭細看，逐一檢查。好整以暇，神情輕鬆，似乎什麼毛病也難不到他。他搖頭晃腦，身軀似有韻律搖擺，切分音節奏，你看也好，不看也好，一場沒有觀眾的爵士獨舞。

終於，似乎在影印機接近心臟的位置，他手執手術刀似的小鉗，鉗出一小片扣住釘書釘的紙碎。他把各部份逐一歸位，完完整整，「噼噼！啪啪！」按下開關，試一試看，一張張影印紙順利吐出。他吹個口哨，退半步，一個半碎步轉身向臺下觀眾鞠躬。他一手挽起放在角落的背囊，一手拿維修單張就走。接待員小姐剛巧從洗手間回來，往單張上蓋印簽名，他取走正本，一個轉身便闖出去。他踏步離去時，我隱約聽到他在唱歌：「外面的世界很精采，很無奈……」

同事陸續收拾工作出外午飯，四方八面湧起嘈雜聲、腳步聲、嘻笑聲，談午飯的好去處。與我一同六月份新入職的同事，三個二十歲出頭的女子，仍像中學女生聽到下課鈴聲的雀躍心情，手之舞之足之蹈之。我冷眼旁觀，真假裝不出那種嬌憨神態。她們似有秘密聚會，避開我的視線，一同走出大門。

打開抽屜，在塞滿即食通心粉、即食麪、即沖咖啡當中，找找合今餐的胃口來吃。數十包即食東西，即使香港發生核災難，也夠我苟延殘喘吃一星期。此刻，我真想出外走走，擠在嘈雜的人潮裏喝個熱湯吃個熱飯，可以有人跟我有一搭沒一搭閒聊，就算是個毫無關係的陌生人。我打開手機，堂姊沒有約我午膳的留言。在這間接近一百個職員的大公司，只有與堂姊吃飯這一個機會，但她往往忙於跟客戶應酬。之前我在舞蹈中心工作多年，沾染上離群索居，冷眼看人間的脾氣仍未改掉，她為之氣結。

辦公室稍為靜下來，門外突然一陣嘈雜一陣忙亂，玻璃幕牆外降下驟雨，中午大太陽給灰色雲層遮蓋。有些剛出去午膳的又跑回來，連忙取雨傘，七、八對高跟鞋啪噠啪噠，忙亂走進來又走出去。辦公室內濕氣加重，空氣更冰冷，令我更難受。

叮！噹！手機收到短訊，我順手一看：「Shall We Dance？推開舞蹈室大門一看，我在商場二樓的SB。」

二

我踏上一條接一條向下流動的電梯，來到二樓商場，向咖啡連鎖店走去。客人擠迫滿溢，我朝露天雅座走，一排向街空洞洞的綠色太陽傘，底下同是一樣冷清清的木桌木椅。灰色雨雲轉薄轉淡，隨風飄離，驟雨稍為停息。就只有他安然坐在最角落處的圓桌，戴上耳筒聽iPod，況如結廬在人間。他把束起的長髮解開，長及頸項，依然頭戴鴨舌帽。

椅子略有雨漬，他仔細用紙巾抹淨。我坐到他對面的位置，雨從頭頂上的太陽傘邊緣流滴下來，如瀑布濺起的水花。檯面的食物，紋風未動，似乎在靜候我這個偶遇的朋友到來。一杯加了玉桂粉末的牛奶咖啡、一份公司三文治、一樽西柚汁。想這份午餐花掉了他剛才外判維修影印機一半工資，或是一張廉價的現代舞表演入場券。

「C'est la vie! 我從來不會認錯人。」

「還以為你看不見我呢。」

「任何人走入去，第一眼都會留意到妳，妳沒一點俗氣，如此與眾不同。」

我笑了：「哈，你花了多少時間編造臺詞呀？」

我想去買吃的，看見排隊的長龍，洩氣了。他拿起果汁，扭開樽蓋，遞給我。

「謝謝啊，阿熹。」久違的名字。

我喝一口，放下，眼神投向露臺的花槽，雨水從葉尖滴下來，一滴，一滴，一滴。

「上班多久？之前從未見過妳。」

「快一個月了。堂姊介紹的，三個月試用期，尚未習慣，但還算不錯。」

「以前見妳在中心做得很開心，薪高糧準，以為妳會一直做下去。」

「中心早已不一樣了，變成親子教育、才藝訓練、補習班，新聘請的教師都是由上海、廣州來的所謂專才。」

「大勢使然，妳也改變了，穿套裝，舉止斯文得多了。」

我無言以對，起身轉頭走出外面，極力顯出自然而婀娜的步伐，踏高跟鞋的雙腳細步細步走，在雨水滿滿的石階地面不幸滑倒，那可要了我的命。

我順住人龍排隊買吃的。我深呼吸一下，想也想不到，舊朋友當中竟然是阿熹第一個知道我轉了工作，還給他看見我在寫字樓的淒涼模樣。人生啊。

大學一年級，到私營的現代舞蹈中心任兼職接待員，跟阿熹等導師混得挺熟，經常與他們吃飯吃下午茶。第一次，就是熹主動叫我的，我戰戰兢兢跟隨，往隔鄰市政街市二樓的熟食中心。

熟食中心有隻流浪貓，白色毛黑色大斑點，只愛跟着阿熹，遠遠看見他到來，便向他走去，爬上他大腿。他會一邊給牠抓背，一邊把檯上貓能吃的都給牠：「不要浪費食物，想想，數百萬兒童正在埃塞俄比亞捱餓啊。」碗碟都吃得乾乾淨淨後，他放牠在地上，在牠跟前踏起踢躂舞步，牠卻懶洋洋伏在地上，毫不給他面子。於是他索性抱起貓咪回舞蹈中心，說要訓練牠成第一隻會跳舞的貓，「踢躂！踢躂！」汗流浹背，軟攤到地上。周圍的人都說：「索性帶牠回家養呀。」貓咪跟他玩得乏味，轉身走過廊道，爬出窗臺，在四層高的舊樓樓房跳出去，在遮蓋冷氣機頂的瓦楞鐵片棚上，飛一下跳一下，

飛一下跳一下，一層落一層，似乎是要在阿熹面前表演牠淩厲而曼妙的芭蕾舞姿，頭也不回逃返到熟食中心去。

時為SARS掠過不久的十月，舞蹈排練室外走廊的窗戶打開，傍晚吹來的風涼涼爽爽，老舊社區密密麻麻的樓房籠罩在金色陽光裏，強烈的人世間氣味。我們站在走廊看着，臉上都有瘟疫過後倖存者的僥倖但罪惡感，安逸的生活不是理想當然。我慶幸可以入讀我心儀的大學（雖然主修工商管理是雙親及兄長的主意），同時得到我人生首份兼職工作。一切百廢待興。

終於輪到我在店員面前點餐了。我一隻手捧着泡沫牛奶咖啡另一隻手捧着藍莓士干餅，一細步一細步走回露天角落的圓桌。雨點細下來，陽光在亂雲裏照出來，顧客陸續走出露臺坐滿桌子，吵吵嚷嚷。阿熹卻依然安閒，悠然坐在一角，似寐非寐。想起他曾跟我說，任世間醜惡絕倫，只要回到他的小小舞蹈室，起舞，跟前的一刻就好似凝固了，門外是團圓美景也好，是人間地獄也罷，亦無阻他安閒思索。我靜悄悄坐下，默默一口口吃着。

他在舞蹈中心當教師的日子，神態常自顧自的狂喜，但他的眼神卻不快樂。你問他的正職呢，「我其實是一個電器修理員。」模仿周星馳「我其實是一個演員」的語氣極為神似。不要以為他說笑，他是認真的。排練室裏的電器壞了，音響器材、影印機、電腦、光管、掛鐘、門鈴等等，他看見總會從他的儲物櫃取出工具，檢查修理，甚至水龍頭鬆脫、水渠淤塞，他都樂意幫忙。我從老街坊聽回來，阿熹在區內長大，父親在屋邨街市開了間修理電器、配鎖匙的小店鋪。他的成績一般，時間都用在學習跳舞。他會在地鐵車廂內跳舞（玻璃車門可以看見自己的舞影），在行人隧道內跳舞，在天橋上跳舞。十七、八歲那年惹上少年的煩惱，暗戀同校同級的一位品學兼優、中上家庭的乖巧女生，向她表白失敗，會考成績一塌糊塗，失戀兼失學，患上抑鬱症。之後，更加埋首於跳舞。讀過他的導師簡介，他自稱爵士舞蹈是正規高雅藝術的反動，不斷變化混合街頭文化，跳舞是要將底層人士胸中澎湃，不立文字，直接用身體，將痛苦與憤怒傾囊而出。

我在接待處當值的日子，都是他有課的日子。為了環保，我很少駕私家車。晚上十一點鐘中心關門，他會送我到地鐵站口，說說笑笑，五分鐘的路程，宛如街上一對情侶享受喧嘩沉澱後的寧靜時光。然後他走回去區內舊樓的家。

他們以為我們有日會一起，我也曾誤會可以，但沒有，始終沒有。他不屑考獲什麼舞蹈證書、進入演藝學院之類，但早年曾獲不少公開比賽獎項，門生亦嶄露頭角，慕名者不少。他說過，他教跳舞，第一個守則，不會跟學生搞男女關係。然而，他與班上的一個女學生開始交往。

那個學生來報名時，我正在接待處，她怯怯走進來，輕輕的問，我的左腳有些毛病，可以學跳舞嗎？當時阿熹坐在一旁，他問，有什麼毛病？可以給我看看？她的樣子甜美，骨架細，額前劉海用粉紅色睡懶覺貓咪圖案髮夾，向右額夾起一邊，神態總像個永遠的中二女學生。她說，昨天在屋邨的商場看過他的表演，當刻就想學跳舞。他帶她到一角揭起左腳褲管看，說，練習就會腳痛，越久越強壯，就能承受更多的痛。

她作他的插班學生，他亦對她特別照顧。幾個月後，他們漸無避忌。阿熹的教師合約完結，便雙雙離開舞蹈中心。一說一間以中產階層為主的連鎖健體中心高薪挖角，他想掙多些收入。一說女學生不喜歡我，要阿熹停約離開。我與他再無往來。然而，流言不絕，阿熹在九龍城租了一間套房與她同居、她偷偷非法墮胎了、她父母把她強搶回家：「她才十七歲啊！」他的憂鬱症復發，經常精神崩潰，無法準時上課下課。我大學畢業後，留在中心任行政主任，我們曾於相熟的舞蹈老師婚宴裏望見對方，微笑，問句好，他獨個兒來，別無其他。

一切傳言沉寂過後，某個夜晚，我看見似乎是阿熹的身影獨自在街頭跳街舞，幾個路人蹺住手圍觀。周末晚上的西洋菜街，繁華俗世湧現一片歌舞昇平景象。我坐在當時男朋友的車子，他酷愛美食，想到附近一間隱世小餐廳吃晚飯，駛過一條橫街，閃過阿熹的一個原地轉的身影。是他一時興起在街上跳起舞來，難度非常高，賞識者似乎不多吧。他的性格一如爵士樂，總會隨着當時的感覺舞動。

四、五年過去了，眼前閉目養神的他，略帶憔悴，鬆弛的身體，還是擺出遺世獨立的姿勢。時間不會令人忘懷，但時間會洗磨人的棱角。

他突然想起什麼事情，半張開眼睛問我：「對了，為什麼妳一直不來上我的跳舞班？」

「根本沒天份呢，也受不了腳痛，你不是說跳舞不用語言，用身體，最需要誠實嗎？」

阿熹沒反應。

「那你呢？你教多少舞蹈班？應付得來嗎？」

「社區服務中心、工人俱樂部都有，體力差得厲害，現在對編舞反而更有興趣。」

他右手放在桌子上，握拳伸出食指和中指，有節奏地敲擊桌面在舞動，一如舞者的雙腳跳出一支舞，把剛剛在腦海創作的舞步，由想像變成現實，有待他的身體去完成。

我喝着咖啡，看着他的手指，突然想起一件事要告訴他。

「黑白奶，去了彩虹橋了。」

他臉上一片茫然，不明白我的意思。

「熟食中心的貓咪啊，有晚走到山坳的公屋樓上，有個住戶向管理處投訴牠往垃圾桶裏找東西吃，喵喵、喵喵的叫，嘈吵到他看不下電視劇。」

「Holy Shit！」

「屋邨的保安員捉了牠，交給愛護動物協會，我從相熟街坊知道消息，立即打電話去想接回來，牠已人道毀滅了。」

「Fuck！」

意想不到他反應激烈，我「咕嚕」吞下杯底最後一口咖啡。他把身體轉向露臺一排的花槽，滿臉憤憤不平。他的性情一向極端，如生如死。

良久，他平息情緒。「我有一隻舞，從來未公開表演，跳給妳看，給我意見！」他站起身，似乎準備真的要在這角落跳起舞來。

我見周圍都是顧客。「地上濕滑，走吧，有人在等候座位。」

他挽起背囊，似乎心目中已有一處合適的起舞之處，興之所至，要我跟他一起走。「Lady，今天有幸遇見妳，機緣巧合，深感榮幸妳是我的觀眾。」

我不置可否，急忙掏出手機看時間：「我要回公司了。」

他似乎沒聽見，逕自拉起我的手肘走，我只能這樣跟隨他，走過商場的名牌店鋪，踏過一條接一條的行人電梯，走出大廈。

他的步幅很大，我稍微墮後。他總是揀僻靜人少的橫街走，見有外判公司的工人在掘路，突然口沫橫飛：「香港是一座都市監獄，是國際級的石屎森林，不斷的掘地，阻人前進的水馬，地鐵封路，工業噪音，無休無止，令人想向天狂叫！」

他繼續向前走，像野獸在街上橫衝直撞。走到紅綠燈路口，綠燈一閃一閃，快轉紅燈了，他看也不看，就狂奔而出，我喊住他：「熹，有車呀！」他一個箭步走到對面行人道。這個時候，我是否應該轉身回公司呢。在對街的人群裏，他筆直站着等我，眼睛一時看過來我這邊一時看另外一邊，等待我走過去。交通燈由紅色轉綠色，我唯有順住人潮向他走去。

我隨着他鑽入金鐘地鐵站，走過長長的通路，在通往太古商場的行人道口，他停下腳步，把背囊拋到一邊。

「就在這裏？真的就在這裏？」我向後退了幾步。

他把身體定一定，雙手「啪！啪！」開始打拍子，兩腳踏步，「蹉，蹉，蹉，蹉」，一重一輕，一重一輕。我尷尬地站在一旁，漸漸發覺，他的左腳的舞步很不自然，在地上拖拉，模仿癱瘓的一條腿，艱難郁動的一條腿。我退後，退後，離他越來越遠。

很快有途人停下圍觀，掏出手機拍照、錄影。他繼續沉醉在他的殘缺的舞步當中旋轉、旋轉，越來越多人駐足圍觀。突然，兩個身穿制服的保安員急步走來，要他立即離去，保持地鐵站行人暢通。「先生，政府早前設數個街頭表演專區，要表演，先要申請。」他毫不理會，繼續舞動。職員朝他的身體擠壓過去，他不能轉動，亂了舞步，面孔顯得非常痛苦，大叫大嚷，發狂似的。我被圍觀的人群擠到一旁，不知所措。兩個保安一起用身體推到阿熹往角落處，他像野獸仰天咆哮，雙手揮拳雙腳亂舞，圍觀的上班族雞飛狗走。

我完全沒有勸阻他的能力了，轉身隨着人潮離開，走過長長的通路，跑上地鐵站出口的樓梯，街外的地下滿是雨水浸泡的報紙、宣傳單張、香煙頭。前面兩個軍裝警察從外邊衝入來，「噠！噠！噠！噠！」一前一後跟我擦身而過。

走到公司樓下，等候升降機時，用手機給阿熹短訊：「我平安無事，已趕回公司工作。」

三

堂姊請我吃午飯，慶祝我通過試用期並且加薪水。我們在太古廣場各自買了樽裝水，走上從不可能踏足的商業中心區的高速公路。

日當正午，公路的柏油地面熱氣蒸騰。

原本區內的車水馬龍，步伐急促的路人，都消失無蹤。周圍的氣氛，是異樣的靜謐安寧、悠閒舒坦。或許將來，在我的回憶裏皆不復存在。

四目遠望，街道空曠，有女學生在畫一朵又一朵的黃花。偶爾，有吃外賣的上班族走過，也有運動裝的外國人溜狗走過。一個文靜腼腆的中學校服學生走來向我們輕聲的問，需要隔熱貼嗎？

寬廣的公路上，處處聚攏佔領街道的人群，悠然自得地休息，一幅鬧市日光浴似的圖畫。

烈日之下，我跟堂姊各撐一把遮陽傘子，身處夢裏的異境，夢遊者緩緩步伐。

前面一個老伯坐在低矮的工作檯，用工具製造木樓梯，方便聚集的人群跨過馬路的間隔障礙牆。

堂姊停下腳步，嘖嘖稱奇，讚歎其接榫手工如此樸實無華。

「昨晚囝囝回來吃飯，看到電視的新聞報導，他說，商業區的馬路，用來給市民散步、露營、藝術畫廊、補習功課，真好啊，有舊同學叫他去給學生補課，不過他打算去考督察。妳堂姊夫勸我下班經過時要小心，學生隨時有暴力事件。我今日來四處看看，很和平啊，年輕人很有禮貌。我承認，佔領在某程度上是自私的，周圍的交通變得阻塞是事實，但我也不能冷眼旁觀，坐視暴力及荒謬的事不斷發生，我只能站在民眾那邊，不是嗎？」

堂姐說着說着，我自顧自走着，我舉起手機想拍一幀自拍照，鏡頭往上空搖，看到我上班的玻璃幕牆大廈，找到辦公室那一層、那一個窗口，那反射出的一束強烈白光，把我雙眼刺痛了。

原刊《城市文藝》第七十七期，二〇一五年六月
二〇一八年七月修訂

奇蹟

一

美寶心想這年運氣不俗，臨近年尾，終於可以升任店長。公共屋邨新裝修領匯商場，一家佔地兩層的日式百貨公司，循二樓女裝部往裏面走，沿通道劃出七百呎的地方，便是她上班的「幸福生活——均一價$12雜貨店」。雜貨分類繁多，貨品如何擺設，頗費周章，美寶有自己一套的獨特記事方法，她把店子各個區域想像成小家庭的日常家居。

右方通道入口，她劃分為玄關，白色透明塑膠雨傘掛在圓型傘架上，地上有家居拖鞋、地毯。鄰近兩排貨架，擺放香薰、毛巾、牙擦、廁所清潔用品，是為浴室兼洗手間。向左轉，陳列玻璃、瓷器用品，有玻璃杯、碟子、小碗、小玻璃瓶子、醬油小碟，是日本餐廳的氣氛。旁側廚房用品，自家焗製小蛋糕的潮流正盛，有心型、小花型、小白兔型的蛋糕模子，情人節前後擠滿一對對小學、中學女生男生。向前走，碎花圖案的文具、記事簿、膠紙貼、卡通圖案日記，一如女生的私密書桌。塑膠花、花架、花盆，可以放在窗臺裝飾一番。信步往前，化妝品、髮圈、潤手膏。再前行，是給長者用的拐杖、按摩棒、藥箱。抬頭望，店子三面牆壁的鐵架，由最低的一層一層又一層往上爬，直攀到假天花，擺滿林林總總的收納塑膠盒、膠箱，顏色繽紛直如雨後放晴的天際彩虹。

美寶以往每天都預早十分鐘到達公司，升為店長後，督促自己更不能遲到早退，提早十五分鐘上班。她慣常從東頭邨的公共屋邨走過摩士公園往百貨公司，信步而行，在腦海整理當日要處理的公事。回到公司，換上制服，等候主管到來作朝會簡報之前，她先環顧店內一周。看到貨品擺亂了，美寶會立即整理執拾，細想如何安排更佳的擺放位置，留意架上的貨品銷售情況，記下暢銷貨品向倉務部入貨，趁朝會時向主管報告。

美寶經常提醒同事：「小朋友餐具、飯盒、水壺，要特別注意清潔，用乾布抹掉灰塵。」她要求架上貨品必需齊整，分毫不差。她可以花半小時，把卡通人物小擺設唐老鴨、白雪公主重新排列，每個距離相等，像一隊向司令臺敬禮的士兵。每晚下班，從員工休息室的門口回頭一望，樣樣齊全潔淨，不留一絲差錯，在光淨明亮的燈光下，靜靜閃爍光輝，她才滿意離開。

美寶甚少跟同事談笑，亦不會機械式招呼顧客：「歡迎光臨，隨便看看！」她會細聽顧客的耳語：「眼花瞭亂，一兩個鐘頭都看不完。」「這間十二元店真乾淨整齊呢！」「貨種太公式化，來多三兩次便覺乏味。」她一直想雜貨店出售更別緻更有特色的精品，可是進什麼貨物不由她決定的了。

這天開店不久，翠兒從鰂魚涌總部趕來，幫忙佈置萬聖節專櫃。雜貨店從未特意為萬聖節進貨，時間也很急迫，對家的「$12店」兩個星期前已準備妥當。美寶困惑非常，無從入手：「我們真是失敗。」買手翠兒亦是新上任，提出開設萬聖節專櫃，高層很遲才批准入貨，翠兒委屈地說：「根本不是我的錯嘛。」

二人手忙腳亂，在公司的貨倉把貨品搬上推車架，往專櫃一一擺放。巫婆帽、柴狼面具、黑色魔杖、南瓜小擺設、五顏六色糖果。忙亂過後，佈置終於似模似樣，美寶已一臉倦容：「其實，萬聖節是什麼節日？慶祝什麼？香港人從來一知半解。」

「唔，我知道小孩穿巫師袍，敲門問trick or treat要糖果。我從荷里活電影看來的啦，哈。」

「看電視新聞，男男女女扮厲鬼扮女巫在蘭桂坊通宵慶祝。」

「我從未去過呢，有沒有興趣一齊去看熱鬧？」

美寶有點怕生，跟翠兒沒談過十句話，但近年來朋友一個接一個結婚生子或移民外國，漸行漸遠。「好哇，我們兩個？」

「兩個就兩個。」

二人決定，萬聖節人潮擠迫，警察管制擾人清興，倒不如提前一晚去蘭桂坊，隨意逛逛感受氣氛。

萬聖節前夕，美寶向助手交帶工作後，準時下班，於十月底仍然猛烈的日頭下急步走過公園，回家梳洗打扮。

美寶準七時半來到約會地點，在戲院里地鐵站出口等候翠兒。接近八時，才收到潦草的口語短訊：「公事忙，妳搵位先吃再call妳。」美寶有點不悅，年輕女子總是輕率從事。她走過兩三條街道，在斜斜窄窄的威靈頓街的路中心，眼前三層高的港式餐廳，掛起萬聖節的燈飾，散發華燈初上的熱鬧氣氛，門口擺放的餐牌寫有南瓜忌廉湯、魔鬼汁伴燒牛仔肉。

美寶喝過檸檬茶，翠兒趕到，說沒胃口，想找地方整理妝扮，但她嫌茶餐廳污穢，要去商場洗手間。美寶跟在她背後，走過一條又一條街，威靈頓街、德己立街、皇后大道中，涼鞋磨損腳跟腳趾，她的面色漸漸沉下。置地廣場內的女廁，乾淨明亮，她們對着牆上的四方鏡子整理妝容。翠兒已化上淡妝，把紮好的馬尾鬆開，用梳子把長髮弄成大圈的卷髮，披在肩上，塗上玫瑰色口紅，豔麗不少，接着在左右耳背噴上香水。美寶偷看鏡中二人的影像，即使翠兒談不上漂亮，她始終年輕，性格活潑好動，膚色黝黑健康。翠兒回看鏡中的美寶，留意她紮馬尾的髮圈：「唏，妳真有用$12店的飾物呢。」美寶臉一熱，反應不過來，翠兒立即笑説：「開玩笑的，妳清楚什麼適合自己嘛。」

美寶與翠兒向蘭桂坊踏步前往，翠兒扭腰笑着唱着：I gotta feeling that tonight's gonna be a good night……。美寶雙手的手指彈響拍子，哼唱曲調。她們走到街口的交界，遇見披黑斗篷戴黑眼罩套獠牙的西裝男人，翠兒立即要跟他擺甫士，催促美寶一起合照。美寶特別感覺到男人右手搭在自己肩膀的重量。她們擠進人群裏，走着看着，手提電話時刻握緊，準備隨時給自己拍照，上傳到社交網站。每遇到嘩鬼打扮的途人走過，也跟隨旁人起哄，大叫大嚷。美寶或多或少都給翠兒的高漲情緒感染，不認識的洋人遞給她牛角魔鬼帽子，摟腰合照，她亦隨興戴上，嘻笑一番。

「找一間酒吧喝兩杯吧，很久沒來蘭桂坊。」

她們經過一間接一間酒吧，水洩不通，個個瘋瘋癲癲。

「站在酒吧外喝，也可以跳跳舞。」

「噯，我不行了，雙腳太疲累，不如找咖啡室休息一下。」

二人信步而行，朝咖啡室的玻璃門窗往內看，烏烏黑黑的，又不清楚價錢，猶豫間繼續往前再找，漸漸遠離蘭桂坊，街道清靜，行人漸少。來到一間燈火通明門外寫有Juice and Wine的店子，裝潢混雜南美與歐陸風格，店門大開，她們走入內看看，牆上寫有新鮮運到的水果，希臘小櫻桃、土耳其無花果、巴西熱情果。她們各自選購付錢，捧着兩杯五彩十色的飲品踏上二樓，可以俯視街道的景色。

她倆找不到話題，勉強互相搭話，總有陌路人的感覺。沉默良久，翠兒笑説：「妳聽過有套電影 Pulp Fiction，談 uncomfortable silence，即使二人相對無言，也可互相交心？」美寶左顧右盼，尷尬笑了一笑。

翌日，萬聖節，美寶晚了起牀，遲到四分鐘回到公司，幸好比主管略為早到。早上的簡報會，主管指出萬聖節貨品銷量欠佳。美寶有點着急，獨自一人面對萬聖節專櫃，總想把它擺放別緻一些，苦思如何推銷。她在休息室寫個短訊問翠兒如何，查看不下七八次，突然才醒起昨晚她説過：「我明日請了半日假，可以睡死至中午，哈。」此刻店子開門不久，客人疏落，只一個幾歲小孩沒頭沒腦，跑來將節日玩具亂丟，講普通話大聲吆喝，語焉不詳。

她望着眼前巨大的南瓜掛飾、女巫面具的長鼻，噁心的人物造型，廉價的塑膠、劣質的布料，只能獨自苦笑。

二

每逢星期二休假，美寶都會把鬧鐘調到早上十點鐘，雖然往往鈴聲未響她已自然醒來，扭開餐檯上的收音機，收聽嘈雜的閒聊、烽煙節目。走入廚房，如常用熱開水沖即食麥片作早餐，加入提子乾、核桃果仁各一湯匙，塗上梨子果醬麪包兩片，再沖一杯好立克。她有七隻不同款式的杯子，全是從工作的「$12店」買來，每天各用一款，便不會弄錯當日是星期幾。她珍惜假期吃早餐這段閒適時間，編妥當日事務的先後次序。首先，要確定明晚萬聖節前夕與翠兒在蘭桂坊的約會，過去幾天，完全沒機會跟她接觸。有次，同事告訴她翠兒來過店子，走馬看花，匆匆離去。

美寶立刻給翠兒短訊，無論如何，不盡早確實明晚的約會，她今天的生活程序不知如何安排。她突然很想下午逛逛書店，看看店鋪管理、專櫃佈置、商品擺設的書籍。翠兒很快回覆：「哎吔，簡直無件事，明日放工後我得閒呀。」她根本不在意，美寶眉頭皺了一下。

美寶打開記事簿，草草寫下今天要辦的事，先打電話去美容院預約。打開衣櫃，挑選適合到蘭桂坊消遣的衣飾，看人也被看，打扮不能太落伍。她記起去年外甥結婚，為了觀禮而買下的印花及膝背心裙、通花七分袖小外套，換上半露趾的高跟涼鞋，看起來便不俗。她立即把背心裙及小外套清洗乾淨，掛在曬臺，薄棉的衣料，這個天氣到晚上應該晾乾透。

美寶去到樂富中心的美容院，體態婀娜的美容師的肚子大了。「妳懷了BB？恭喜妳啊，幾多個月？」做面膜的兩個鐘頭裏，另一個顧客一直與美容師談兒女經，她大兒子剛娶新抱。美寶被迫聽着聽着，打了幾個大呵欠，半睡半醒。

回家途經摩士公園的小徑，清潔工人掃來的一堆枯葉枯枝，她一眼看見當中有個空的雀巢，是雀鳥啣來一條又一條樹枝造成一個小碗般大小的巢，渾然天成，好一件大自然的藝術品。她彎腰蹲下細看，雀巢裏的樹枝留有三數片羽毛，雀鳥與生俱來的生存技藝。她立即掏出手提電話給雀巢不同角度拍照，猶覺未能重現其鬼斧神工。

有人輕步走到她背後側旁，蹲下，一同看地上的東西：「這是個雀巢。」

她站起來，向那男人說：「是什麼雀鳥築的巢呢？」

他還是蹲着：「是喜鵲。」

「好像不是喜鵲呢，你看公園周圍，樹上地上全是麻雀。」

「是喜鵲。」語氣執着。

男人緩緩站起身，雙眼直看她說：「我常常看見妳在這裏走過，妳為什麼要經過這個公園？什麼原因？什麼原因？」

美寶留意他雙眼空洞，面色蒼白，說話時薄薄的嘴唇顫抖，瘦削的三角臉，稀疏長髮的髮尾彎曲。猜不出他的年紀，或許三十五，或許五十五。

他繼續說：「太太，妳信不信奇蹟？」

美寶想立即轉身離開。男人自說自話：「這個世界沒有奇蹟，妳以為聖母像會流出血液來？妳真係以為？我告訴妳，是石像的裂縫長出個野磨菇，磨菇發酵，紅色液體流出來，是紅色的液體，妳便以為是血？」

她快步離去，仍聽到他立於原地絮絮叫嚷：「妳以為因為妳跪下來唸經，聖母像就會流出血淚？樣樣事物都可以用科學來解釋。」距離漸遠，她隱約聽到他最後一句話：Madam, you can't always get what you want。然後，世界倏然靜寂下來。

她在小徑的盡頭回望，空無一人。

傍晚時分，美寶仍心有餘悸。她專心坐在鏡子前，嘗試時尚的鮮豔化妝，口紅色澤比上班深一個色號，細心塗上手指甲腳趾甲。試穿抹亮的半露趾高跟鞋，熨好晾乾的直身裙和短外套。想起明天晚上與翠兒在蘭桂坊的約會，精神已覺得疲累，很久沒與人結伴同遊，何況那女子毫不熟絡。

心裏始終安靜不下，突然很想吃味道濃郁香脆的食物。

她從麥當勞走出來，拎着外賣紙袋在街上走，聞到袋裏炸雞、薯條的熱騰騰香氣，聽到可樂紙杯內冰粒互相撞擊的細碎聲音，已湧起滿口美味的痛快感覺。走進公屋大堂，不禁將外賣收到背後，不欲旁人可憐自己。幸好跟保安打個招呼，升降機便來到地下，她連忙跳進去，按下「6」字。升降機內獨自一人，依然習慣眼望地下。她最怕向升降機內的人點頭招呼，而對方以一副木無表情回應。

升降機停下，門打開，美寶步出，轉向右手邊在第二個單位停下，掏出鎖匙開門不果，才驚覺這原來不是她的住所。眼前灰塵滿佈的鐵閘，掛上啡色的絲巾遮掩，深夜，內裏不見五指的空間徜徉神檯燈泡的赤紅影子。她慌忙轉身走開，看見走廊牆壁上的樓層數字，怎麼會到了十八樓？升降機仍停留在這層，門仍打開，她立即衝入去，使勁按「6」字鍵，使勁按完一次、兩次、又一次。

三

美寶與翠兒坐在果汁店樓上靠街的位置，俯瞰路上來來往往的遊人。「這個位置真好，又坐得舒服。」她們舉杯相視而笑。由街外的喧嘩回到室內的平靜，美寶心想，今晚無論是萬聖節前夕也好，什麼日子也好，此時此刻，感受還挺不錯的。這裏的街道、店子、路人、燈光，跟城市其他地方就是不一樣。

「妳住哪裏？可以晚回家嗎？」

「我獨居不相干，家人都在加拿大。有的士嘛，Uber呀。」翠兒從手袋拿出一包香煙放在桌面，用電話壓着。

「妳吸煙？」

「間中玩玩，哈哈。」

二樓除了她們倆，只見角落處長沙發卡座的一男一女，相擁痴迷望着對方。美寶的位置，可以看見他們的肩膊背影，他們的側臉。女的臉色蒼白似歐洲人，一身上班族的黑色套裝，成熟的女人，有些倦容，淺棕長髮，髮尾鬈曲，似乎是在英國文化協會當接待員、英語導師。男人看來是馬來西亞或新加坡人，似是投資銀行的行政人員，筆挺新淨的淺藍襯衫、深藍西裝外套，齊整髮型，比女人年輕一些。男人的右手搭在女人的肩膀，兩個一直側臉對望，時而接吻，時而無言，明顯是男人主動向女人調情。美寶與翠兒一邊閒聊，不時偷看他倆，似是臺下觀眾觀看臺上一齣話劇，男女主角在沙發上調情究竟如何發展。

五六個國際學校的少男少女走上來，匆匆看過情況，覺得沒趣，轉身走下樓梯。再過一會，一個中年男子走上樓梯，看過美寶、翠兒二人、沙發上男女各一眼，就走去貼近翠兒的鄰座，直直看着她。翠兒裝作一切如常。然後，男子問翠兒：「妳喝的叫什麼名堂？顏色真特別，好喝嗎？」聽得出他的英語帶有濃厚的法國口音。

翠兒臉孔堆滿笑容應對，與男子一句接一句胡扯。他說，等朋友等得無聊，便來坐一坐。翠兒問他如何稱呼，是來香港旅遊嗎？男子只是胡亂吐出英語法語，視線放在她檯上的香煙：「我可以抽一支？」翠兒從煙盒彈出一支遞給他，男子接過，用嘴角叼着，站起身，一邊從西裝外套口袋找打火機，一邊轉身下樓梯去。翠兒向美寶笑一笑，聳一聳肩，無可無不可的表情。

美寶靠玻璃窗向街外望，看見法國男子走出店子門口，用打火機點香煙，連啜幾口，左右張望，急步向蘭桂坊揚長而去。

美寶瞄瞄手錶，時已半夜，要趕最後一班地鐵列車。她把最後一口溫冷雞尾雜飲吞下，順便偷看沙發上男女最後一眼，他們依然熾熱沒退減。

二人沿雲咸街向畢打街走，途經一條長樓梯級，在關上門的花鋪外，突然閃出血紅旗袍腳踏繡花紅鞋的一隻幽靈，飄往樓梯級盡頭處，她們大嚇一驚，睜大雙眼，心有靈犀互相「嘩」起來，這才算萬聖節吧。女鬼身旁走來一個黑色西裝男人，竟然是剛才要香煙的法國男子。殘燈映照下，他一臉醉倒衰敗，無力擺出風流倜儻的姿態，美寶、翠兒二人不禁同時爆笑起來。在他尚未露出獠牙，作嚇人動作前，她們已佯裝尖叫，爭先恐後逃離，起勁向地鐵站跑去。

途人看來，大概是兩個喝得半醉在追逐嬉戲的女子，一路狂笑，兩個人的鞋子踏在地上發出各異的響聲，一個「噠！噠！噠！」一個「嘚！嘚！嘚！」路人都回頭注視她倆，甚至停下讓路，她們嘻嘻哈哈直奔下雲咸街，時而跑出馬路，時而於人群中穿梭。美寶發狠勁跑，竟然一直走在前頭，跑到皇后大道中十字路口，交通燈剛剛轉了顏色，翠兒拉住美寶：「紅燈！」卻被她掙開，馬路上私家車煞車停住，不斷響號，美寶笑聲更響亮，一直沿畢打街向前狂奔。翠兒停在紅綠燈前，遙望對面馬路美寶的癡態，嚇了一跳。隨後快步追到置地廣場，才見美寶蹲在地上，不停喘氣，笑個不停，翠兒笑問：

「妳玩夠了嗎？」

二人向中環站走，翠兒說打算漫步回家，吹吹風。美寶走入地鐵站，在落樓梯前回頭望翠兒。她已走得遠遠，隱約間吐出一口煙圈，時而踏上電車路軌，時而走上柏油路，在暗黑的街道裏向西環歸去。

美寶及時搭上最後一班往九龍的地鐵，下車後急步返回東頭邨的家。

倒出手袋裏的東西整理，揀出在果汁飲品店偷偷取走的玻璃攪拌棒。按下廚房的電燈掣，壁上一條壁虎的黑影閃過。她把攪拌棒放在水龍頭下沖淨，抹乾，抬起手臂放在天花燈泡底下細看，玻璃攪拌棒頂端的圓形七彩圖案閃閃爍爍，猶如夜空煙花綻放。

原刊《香港文學》第三七三期，二〇一六年一月
二〇一八年七月修訂

假期

我們一行五人，從藍田公園出發，上茅湖山，看荒廢堡壘，再往魔鬼山走，看炮臺遺跡，下山抵油塘市區，全程大約四個鐘頭。我們在地鐵站集合，起程前，聽寶蓮如是說。她一如在辦公室裏行政主任的角色，要做什麼事情，何時完成，清清楚楚。復活節長假期的週末，寶蓮夫婦計劃路線，惠雯、潔如兩位同事，以及我，結伴成行。我在一月已經離職。

我們踏過一段接一段的樓梯級，來到公園的頂端，可以鳥瞰藍田。寶蓮指向遠處，幢幢一式一樣的住宅大廈之間某一格窗戶，他夫婦倆便是住在那個地方。她丈夫以前是政府高級測量員，現今過着悠閒的退休生活。冬天過後，他倆等候在英國讀博士的兒子回來度暑假，夏天過後，他倆等候兒子回來度寒假。

我慶幸不用再回到那個辦公室，面對寶蓮，面對電腦。辦公檯上擺放我在義大利旅行的近照，背景是拿坡里聖達露西亞海灣的夜色，而我在中環與上環交界的商業大廈內，幹着枯燥無聊的事情，打字，影印，通電話，說人是非。寶蓮不時在計算自己應該何年何月退休，留意英磅兑換港幣的匯價。我不是討厭她，基本上她是一個好人，我只是不想變成像她一樣的女人。

是她告訴我，新來的老闆會帶同他的秘書上任，將軍澳某商場內的分行有行政助理的空缺，問我有沒有興趣。我明白，那即是大小事務也要一腳踢的職位，獨自爬扶手梯換電燈泡，給擺放在接待處的黃金葛換水，定期為茶水間添購茶包咖啡白糖。當天下班眾人皆去，我獨自留在辦公室，在那一刻，我選擇離開。我翻開辦公檯上的月曆，計算最佳的離職日期。我在公司最後一天，是十二月第二個星期的週末，要用來收拾私人物件回家。星期一開始放離職假期，十四日，扣除聖誕節、元旦等等的公眾假期，我正式離開公司的日期是一月二日。她們問，打算去哪裏旅行散心？日元又跌了。我敷衍應對，看心情吧。

一月二日，我睡到自然醒，伸手拿起牀頭櫃上的手提電話，打開，按鍵，嘟，離開公司的WhatsApp群組。放下手提電話，賴在牀上。

舊老闆在社交網站貼上他在澳洲墨爾本新婚後的「甜蜜之家」，郊區白色平房，門前小庭院的天花掛上聖誕節紅紅綠綠的串串燈泡，在夏季的薄暮時分亮閃。屋後一叢接一叢同等高度的樹木，一片灰灰藍藍。

寶蓮曾經慫恿我對老闆主動一些：「給人家一個機會，也給自己一個機會。」我無法叫自己主動，自問是個絕不適合上流社會交際的人。說到是否適合澳洲郊區的生活，我從來未想過。

陽光猛烈，她們撐起遮陽傘，我遙遙用手提電話拍攝下來。

我們沿山路向茅湖山走。我發現山邊的坑口有一隻蝸牛類的物體蠕動，我蹲在路邊細看，拾起樹枝觸踫牠，想看牠的反應。站在旁邊的惠雯不能忍受：「噫！變態！」轉身快步向前走，離我而去。我樂得一個人，掏出手提電話拍短片，紀錄牠如何爬上坑口，跌下來，又再爬過。我玩夠了，前面完全不見人影。

我慢條斯理往前走，轉一個路彎，看見潔如站在樹蔭下喝水，展露笑容向我打招呼。寶蓮介紹她給我認識時，說是新來的同事，剛剛在月初上任，就是分行的行政助理，那個「大小事務也要一腳踢的職位」。

「美雪姐，請妳多多指教喔。」她堆上滿面笑容，把她手上沿途採摘的野花送給我，用藤蔓紮成一束。

我對她說，我離開公司幾個月，工作完全生疏了，現今仍是無業遊民，還要寄居在結了婚的弟弟家裏。「有資格教妳如何一天用五十元過日子。」

她還以為我是說些逗她笑的笑話，多談幾句，她的笑容淡薄了。

她身上白色短袖露肩T衊，三個骨彈性牛仔褲，平底布鞋，臉上的防曬霜塗得白白厚厚的。身型嬌小，長髮柔順微曲，眼神時而迷茫，時而帶笑。

大概是我中六畢業而她剛剛入讀中一，那種年紀及氣息的距離。

我留意到她戴在左手腕的手鍊，紅色的珊瑚碎粒串成。「西西里島帶回來的嗎？」

「喔，西西里島，西西里島。」她略略提起左手腕，右手手指撫摸手鍊。

「妳知道西西里島在哪裏？Si-ci-ly，Si-ci-ly。」

「很好聽的名字！一定是個很美麗的地方。」

「黑手黨的發源地啊。」我學着馬龍白蘭度的口齒不清：I'm gonna make him an offer he can't refuse。

「哈，他是個警察呢，我以前一個男朋友，是他送給我的，我一直戴着。」

我們二人走到堡壘廢墟，與寶蓮等三人會合。山上的風很大，四方八面呼呼風聲。我掏出手提電話，拍攝被風吹得東歪西倒的芒草。我步下堡壘殘破的石階，沿着圓型的斷壁走，拍攝坑內的垃圾，舊報紙、紙巾、香煙盒、汽水罐、啤酒罐、塑膠水樽、橙皮、吃剩的蘋果芯、零食包裝紙。

「美雪姐，妳相信緣份嗎？他是中學的籃球隊長師兄，校內的風頭躉。我問他，我又不是漂亮，成績又不好，為什麼你會喜歡我呢？」

潔如一直走在我身旁，向我絮絮說着：「畢業之後，我與另一個男子交往。兩年後我對他說，我要結婚了，你如何呀？他說，那妳去結婚囉。我結了婚，度完蜜月回來，我的姊妹團說，他在婚宴上一直狂飲，一直狂哭，我好心痛，比他更心痛，真的比他更心痛。」

她雙眼紅了一圈，稍為平靜過後：「跟他失去聯絡數年，有天放工，他突然在我眼前出現，說是來接我下班。之後我們經常去吃飯去看戲消遣，那真是我最快樂的一段日子，我真的好開心。有次，我無意中偷看了他的手提電話，發覺原來他早已結婚，還有一個女兒。我向他追問，為什麼欺騙我？

我不能原諒他，他也不再來找我。」

我站在鳥瞰鯉魚門避風塘的炮臺，想起一件往事：「好想再去鯉魚門吃海鮮啊。公司曾經有個老闆，追求一個新來的見習女律師，英文說得很好不過工作經常錯漏百出。她生日那天，老闆大出血請十數位同事吃海鮮給她慶祝生日。四個月後，老闆開始籌備婚禮，對象竟然是與他拍拖超過十年的舊女友，他向周圍的同事說：She is the best。」

潔如彷彿沒聽到我講些什麼，依然自說自話：「他可以突然在我眼前出現，突然又無緣無故失蹤，為什麼？我真受不了他這樣對我。」她發脾氣似的頓腳，委屈地說：「每逢我路經警署，總會向內張望，跟老公行街，迎面走來軍裝警察，我都會無意識低下頭，我好怕再看見他，好怕。」

我們從魔鬼山炮臺下山的時候，陽光開始暗淡。五個人零零散散，就像不認識的行山路人，沿着圍繞將軍澳墳場的柏油路向油塘地鐵站走。蒸騰熱氣、車聲市聲一浪接一浪湧來。

我們向商場走去，期待享受滿溢出來的冷氣。潔如突然停步，堆起滿臉笑容，對我們頻頻說「對不起，對不起」，她剛剛接到一個電話，有些事情要先走，不能一起吃下午茶，祝大家假期玩得開心。

我留意到，站在商場門口旁的一個男人正跟她對望，她穿過人群，向他走去，展露她最甜美的微笑，雙手緊握他的手腕，身體向他靠近，臉龐依偎他的肩膊，幸福滿溢的樣子。我感覺她的眼神偷偷向我射來，我正七情上面與惠雯傾談令人忍不住大笑的有趣事情。

我們在商場最熱鬧的茶餐廳，找到四人卡座座位，檯椅尚算乾淨整齊。我偷看寶蓮丈夫坐在卡座的表情，恍似在亂世間找到安身之所，覺得好笑。

茶餐廳內的掛牆電視機播放新聞報導，數十萬人來港，數十萬人離港，機場逼滿復活節假期外遊人士。記者訪問戴同款墨鏡、心廣體胖的夫婦，他們與一對子女去日本：「輻射？當然不會擔心啦，我們去東京玩，離福島很遠，無事的。」

寶蓮談到分行的事，提及潔如：「我做了一件頑皮的事情去測試她，她上班的第一天，我偷偷把一小片廢紙放在老闆辦公室一個隱秘角落，放得斜斜的。隔了一個星期，我返回去看，那片廢紙仍在，結了一團灰塵、蜘蛛網什麼的東西。」

她丈夫一副伸張正義的表情：「她的職位是行政助理，又不是清潔阿嬸。」

寶蓮說：「做事始終不夠仔細。」

我與惠雯偷偷交換眼神，有一種回到上班日子與同事外出吃午飯閒聊的久違心情。

坐在我背後的卡座有兩個女子絮絮交談，我聽到她們的話題圍繞「找工作」三個字，開始留意她們的對話。

「我的合約簽到六月，負責的項目做完了，只欠一些手尾。」聲音比較高昂，感情外露。

「我辭了職，想專心把碩士論文寫好，五月底要交。」語氣淡定，氣定神閒。

我借機會去洗手間，偷看她們的樣子。一個長頭髮、一個短頭髮，都是年輕的女子。一個叫了牛油多士配牛柳、煎蛋即食麪，多士烘得焦黑也不理會，用叉子逐塊放進口裏嘴嚼。另一個用餐紙包住雞蛋三文治吃。兩個都是面容疲累，面色蒼白，患上嚴重失眠症的女子。

我回到座位，吃的下午茶與長髮女子的一式一樣，算是這個月來比較豐富的一餐。我模仿坐在我背後的陌生女子，把牛柳放在兩片多士之間，用叉拮着放入口中，大口的嘴嚼。

「我五月初去馬六甲玩，會留五日。Adrian Wong，妳見過他嗎？」長髮女子的聲音。

「不，我根本不認識他，只是Facebook上的朋友。」

「我不想再做合約工作，我想搬出來住，不過租金好貴，普通的劏房又漲價二千元。」長髮女子說。

「我都好想搬出來住。」

我懷念在西環獨居的租住房子，一棟靠近街市的三十年舊樓，推開窗，聽庶民充滿活力的市聲、嗅街上混雜的氣味，二樓的商場有兩間快餐店，是我的飯堂。六年來，我步行二十分鐘上班下班，下雨天，乘的士。

搬離房子的前一天，惠雯來幫我執拾，滿房子都是灰塵。我一直想找天請她吃自助餐，長腳蟹、三文魚、生蠔放滿餐檯上，大家吃個不亦樂乎。

我獨自乘地鐵回家，有半小時空閒時間，我掏出手提電話，把下午行山時拍攝的短片一一刪掉，蝸牛、草叢、垃圾、雲層、光影，消失了。

回到家，打開門，屋內亂七八糟。餐檯留下用餐後的杯碟碗筷，還有一張字條：「人在沖繩，五天後返，要餵龜龜、取乾洗衣服、簽收網購速遞。」下面畫一個女的笑臉、一個男的笑臉。我把檯上的杯碟碗筷，胡亂放到廚房鋅盆裏，懶得清洗。

打開雪櫃，他們買來的速食日本咖喱、韓國泡菜，每餐煮一碗白飯，足可以吃一個星期。我拉開罐裝啤酒拉環，一連喝下幾口，脱掉運動鞋和襪子，赤足走在地板上，雙手伸入T袖內，反手解開胸圍的扣子，拉出來把它丟到不知什麼地方去。

這幾天，我就是不想在原本是雜物房的狹窄房間裏睡，拿走牀上的毛巾被、枕頭，放在廳裏的沙發上。從牀底拉出儲物膠箱，取了五、六張電影光碟，可以日與夜、夜與日，臥在沙發觀看。

揀了《撒旦探戈》，片長八個小時，我終於有心情放來一看。

我迷迷糊糊醒過來，似乎睡了很久很久，暗黑空間，電視機畫面光影閃爍。電影仍未播完，一個男人背影，在破落鄉間向前直走，身後無數枯葉不辨方向亂捲。

兩聲叮噹，WhatsApp傳來弟弟、弟婦在沖繩的自拍照、吃拉麪、煎餃子。我瞄一瞄，回給他們一個大笑臉。半夜十二點十。

我走去露臺，看看巴西龜，餵蝦肉給牠吃。養了幾個月，變得有點肥胖、呆滯。牠爬來爬去，游來游去，不外丁方大小的塑膠淺水盆。

樓下的街道幽暗，只有街口的便利店、通宵營業麥當勞燈光通明。我突然很想吃很久沒吃的炸雞薯條。

穿上拖鞋，取出錢包、鎖匙，打開門，走出外去。

我手搖鎖匙扣，在走廊等候升降機。後樓梯的防煙門突然給推開，熱鬧刺耳的寶萊塢音樂傳來，一個面熟的南亞裔鄰居，手執手提電話，身體隨音樂節拍搖擺，腳踢拖鞋，闊步向我走來。剛巧升降機門叮一聲打開，我趁機閃進去，急忙按「關」。

兩扇門中間插進一隻腳來，震動一下，門被打開，南亞人與他的寶萊塢，一同舞進升降機。我靠近門站，定眼看着顯示鍵，一層一層下降。

來到地下，我推開鐵閘，走到屋邨大堂外，縮在一角，點一支香煙，吸兩口，走在後面的南亞人扭呀搖呀地經過，我才緩緩隨後而行。

迎面走來兩名警察，截住南亞人查問，互相推撞幾下。

我把煙蒂丟在地上踩熄，快步走過他們。

「小姐，妳一個人夜黑黑要去哪裏？給我身份證。」

警察木無表情，用對講機詢問總臺時，打量我一下：「妳有無工作？做什麼？」

我沒有遲疑，說：「律師行秘書。」

原刊《香港文學》第三七九期，二〇一六年七月
二〇一八年七月修訂

California Dreamin'

我給刺耳的門鈴聲吵醒。奇怪，怎麼會有人在深夜時分找我？睜開雙眼，才發覺自己睡在沙發上。我從大門的窺孔鏡往外看，睡眼惺忪，門外似是陌生卻又是認識的一個女子。打開木門、鐵閘，對方立即給我一個擁抱：「佳儀！妳好嗎！我很掛念妳啊！」過份熱情了，我半睡半醒，險些給她推倒。

樂怡！我記起來，早前收到她的電郵，聖誕新年會從美國來香港度假，希望與我一聚，意想不到她下機便直接來我家。唉，為何不先打個電話給我呢？完全打亂我的日常生活。

「深夜竟有不速之客到訪呢！」我開玩笑似的說。

她的樣子顯得有些委屈：「我給妳多次電話，又留口訊給妳，又寫短訊給妳，來到門口，站了好幾分鐘，儲足勇氣才按門鈴。」

我從茶几上的一堆文件下面找到手提電話，打開一看，過去四十多分鐘，她打給我的電話超過二十次，真是有點歇斯底里。電話前幾天從手裏滑落地下，留下一條條爆裂的線條如蜘蛛網滿佈熒幕。我把電話倒轉放回茶几上，熒幕的一面朝下。「假期前工作忙得喘不過氣，妳看，我一邊整理文件，竟也可以在沙發睡着了。」

「沒關係，妳不怪我這麼晚來打擾就好了。」

我披上睡袍仍覺寒意，眼前的樂怡，身穿夏天衫，手腕戴滿異國風情的手鍊，踢一對名牌涼鞋，露出玫瑰紅的趾甲。記得她在香港的時候，十來度氣溫的日子，經常把冰冷的手掌左右圍住咖啡熱飲的杯子取暖。

我給她泡一杯即沖咖啡，加上一碟蝴蝶餅。

「真懷念香港的蝴蝶餅！」樂怡呷着咖啡，眼睛掃視整個房子。「怎麼說呢？我在舞蹈中心認識妳的時候，一直很好奇，佳儀的家居是怎樣的呢？一定好有個性。有次我們約定來妳家給我開 farewell party，撞正掛上八號風球，取消了。」

當時她想借群眾壓力，強我所難要來我家。她喜歡查探別人私隱，以作茶餘飯後話題，幸好天助我也。

「這次不是如妳所願嗎？不如新年約大夥兒來我家一聚。」日漸給工作壓力悶死，突然好想跟他們聚舊，拾回些少當年的朝氣。

「佳儀，下次我來香港，才約他們，好不好？」她的眼神露出難言之隱。她說，這次她來香港，是為了與「約會網站」相識數月的男子見面。她在沙加緬度已有親密同居男友，「我真不想騙他，但假如給親戚看見，早晚會事敗。不編造一個理由，又怕他起疑心。」她以哀求的眼神望着我：「所以，我私自把妳的地址、電話給他，告訴他我會在妳家借宿，因為我相信妳，妳是香港唯一的一個朋友能幫我保守這個秘密。」

樂怡又發神經了。無時無刻都想戀愛，想生小孩，在眾人面前表演。她要的不僅是男人，更需要瘋癲的愛戀，無法自拔。不是要對方為自己發狂，就是要自己為對方發瘋。她愛給朋友看到，自己沉醉在戀愛裏，時而失控，時而絕望。

她從行李箱掏出一個六角形的盒子，遞給我。「新年禮物，希望妳喜歡。」

打開一看，鑲珍珠的白銀頸鍊，她是知道我心意的。「未免太名貴了。」

「其實很便宜呢。」

她堅持在香港這幾天睡在沙發就可以了，我抬出棉被給她。

「妳這裏有很多書，我可以看看？我的生理時鐘依然在加州，那邊在這個時刻，日光日白。我可以開一盞燈？」

整整一夜，大廳不時傳來的噪音令我難以入睡。洗手間沖水聲、談話聲、狂笑聲，樂怡似是與那個男的通過視像談個通宵。有時她會收斂一下，一刻又再故態復萌。

挨過一晚，起牀出來一看，沙發周圍果然杯盤狼藉，茶几上留有一灘咖啡，三數書本翻倒在地上，行李箱打開，露出她的私人衣物來，直如她大情大性的個性。樂怡在沙發上睡得很熟，時差關係，加州正在深夜。

我洗個臉，急忙出門上班。辦公室裏，很多同事放假出外旅行，我身兼數職，忙個不停。

八時回到家，打開門，一個男子站在書櫃前翻書，樂怡曲膝盤坐在沙發。茶几上一束紅玫瑰，插在雕花玻璃花樽。那花樽原是放在櫥櫃雜物堆中間，虧她可以找到出來。

樂怡從沙發跳下來，給我們介紹：「她是佳儀，是我以前參加的舞蹈團的師姐。他是阿歷。」

餐桌上堆滿用餐後的碟子、刀叉、酒杯。餐具簇新，顯然剛剛買回來的。另一邊的廚房，放着他們從超級市場買來的一袋袋東西，料理檯都給霸佔了，我原來的餐具放在一旁，東歪西倒。

樂怡立即跑入廚房，喊道：「我早已準備一份晚餐給妳！」

「妳是教書的嗎？」阿歷依然站在書櫃前。「好多書啊！妳全都讀過了？」

「教書？我的樣子一定太老氣橫秋了。我還在葵涌租了幾個貨櫃放書呢。」樂怡跟我笑一笑。

阿歷，浮腫蒼白的臉，高高胖胖，戴着復古風的圓型銀絲眼鏡，身上寬鬆皺褶的麻質上衣、長褲，埋在書堆裏的哲學家樣子，說話、行動慢吞吞，有時卻又故作隨和，收斂自命不凡。他完全不是樂怡喜歡的類型，竟然迷住了她，我無法理解。

我坐在餐桌一旁吃晚餐，是樂怡泡製的牛扒，伴了昂貴的法式醬汁。我吃了一口，給她一個眼神，表示好吃，她便高興了。

聽他們漫談今天到什麼地方遊玩。到佐敦澳洲牛奶公司，見證侍應數秒之內完成寫單送上通粉炒蛋多士。談買蘋果最新型號手提電話，比歐美便宜很多，對此我不甚了了，答不上口。他們二人用英語交談，一個帶美國口音，一個帶澳洲口音。

樂怡談到自己家族移民去沙加緬度的歷史，第一代可追溯至一九六七年。阿歷口沫橫飛：「其實，妳知道嗎？華人移居Sacramento可追溯至十九世紀。Sacramento是西班牙語，『聖事』的意思，『沙加緬度』是粵語的音譯，因為當時有為數不少的廣東人飄洋過海，在加州興建鐵路，後來定居下來。Sacramento原是一個小城鎮，十九世紀中葉，當地發現黃金，淘金者四方八面湧來，是世界歷史上有名的淘金熱。美國第一條橫貫大陸的鐵路，終點站正是Sacramento。」

她的眼神滿是欣賞：「阿歷，你真是一本活動的百科全書。」

阿歷的父母是公務員，十來歲給送到澳洲上中學，在墨爾本的大學讀獸醫。他是當地某拯救袋鼠組織的義工，原來每年有二萬隻袋鼠在公路給汽車撞死。他打開手提電腦，去到該組織的網頁，給我們看公路上袋鼠屍骸的照片。

「說到愛護動物的質素，香港屬於第三世界！澳洲人、日本人、中國人，甚至臺灣人，都比香港人高得多！……我舉個最近的例子，哎，在什麼什麼的鐵路站，有隻流浪唐狗在鐵路上給輾斃了！那隻狗是可以生存下來的！是可以救回來的！」阿歷瞪着我直說時，一陣酒氣向我撲來：「為什麼香港會變成這樣？你們就是這樣冷漠？這樣沒有勇氣？你們就是這樣怯弱，這是我下定決心留在墨爾本發展抱負的原因。」

我急忙回應：「是有人跳落路軌，想抱狗狗回月臺的，不過給職員阻止了。」

「為什麼不勇武些呢？為什麼？你們不會反抗、不會憤怒？生命有危險，不能坐視不理，這是做人的原則。」

對香港人的不爭，我亦厭惡，但仍忍不住反唇相譏。「流浪狗枉死，你不想，我不想，鐵路職員亦不想，是各種各樣的巧合釀成的悲劇。你在澳洲，一樣需要保護袋鼠，無數公路司機撞死動物揚長而去，冷漠的人從來無分國界。」

樂怡打圓場：「佳儀不是最喜歡狗的嗎？不過呢，她從來未養過一隻狗。我養過貓，最高峰時期家裏有三隻貓，都是街上拾來的。」

她又說：「但我最怕最怕最怕甲由，妳家裏會不會有甲由？」

我答道，見過有螞蟻、壁虎、飛蛾，但我不會打死牠們，益蟲來嘛。

她接着問：「阿歷，你最怕什麼？」

「我不會告訴妳，也不會告訴任何人，他們如果知道，就可以威脅我、控制我。」

「但是我說出來了，你知道我最怕甲甴。」

「呵呵呵，我可沒逼妳說啊，妳是依自己的自由意志吐出來的。」

「你這樣對我很不公平啊！」他不理會她。「我知道，你最怕衣魚，你那麼愛看書，不怕衣魚蛀掉你的書嗎？」

他依然不理會她，坐到靠近書櫃的地板上，從帆布袋裏掏出一本厚厚的書，我瞥了一眼封面，*Roads to Dystopia*。他打開夾有書籤那一頁，認真地讀着讀着。

除夕那天，偌大的辦公室靜悄悄，只剩下我獨自留守，無數瑣碎事要處理已令我費盡精神。

晚上趕回家，才知道廚房的洗碗槽堵塞了，積滿穢水，地上也濕漉漉。樂怡說下午睡醒起來，見到廚房就這個樣子。我怪她不早點通知我，假期難找維修師父。

她立即發脾氣：「我見妳這幾天工作忙到不可交關，哪敢再給妳增添麻煩？我拜託阿歷來修理，看看如何解決，他推說要跟表兄弟看欖球賽。我整日就呆在這裏，等候他來幫我們一把。」

原本打算三人一起煮除夕晚餐，結果我和樂怡要外出吃飯，二人心裏有點芥蒂，說話都是淡淡的。我們去了以往經常光顧的義大利餐廳，吃義大利麪、薄餅、燒排骨。想起曾經一大群舞蹈團團友興高采烈，坐滿長長兩排的座位，喧鬧談笑，此刻真有點落寞。我們無言以對，卻同時提到一個名字，阿海，她住在附近，好想可以再看見她，知道她生活如何。

阿海的手提電話完全失靈，致電她家裏，老人家接聽：「妳是誰呀？」她已嫁到新加坡去了。

腦海裏自然浮現一個畫面：佐敦谷公園一大片綠油油草地，我們一伙舞蹈團成員坐在草地野餐。我跟阿海跳雙人舞助興，一起跳躍到半空，她雙腳落地時，作一個女戰神姿勢，英氣十足。

離開熱鬧烘烘的餐廳，我們沿電車路走回去。商店都已關門，剩下街角便利店的燈光。樂怡總可以發現野貓蹤影，沿途的海味店一角，一隻街貓縮作一團像老僧入定望着我們，她彎下腰，憐惜撫摸牠的頸背。這兩天她蹲下把玩街貓的次數已數不清了，令我越來越感到厭煩。

她對我說：「不如帶回家養吧。」

我搖頭。「責任重大呢，總要養十年以上吧。幾年前妳離開香港，家中老貓就算沒病沒痛，誰也不願繼續撫養。」

走着走着，樂怡談起阿歷，對他又愛又恨：「昨日我們乘電車，談呀談呀，才意會原來我們更喜歡在街上走，睜大雙眼望着對方，同一時間起身，嘭嘭嘭跑到下層，跳下車廂，走到行人路，大笑起來。……香港給我的感覺不一樣了，因為我與他在此相遇，這個城市對我的意義不一樣了。」

她腳下粉紅色芭蕾平底鞋，踮起腳尖，身體輕盈來個芭蕾舞旋轉，臉轉向我來，給我一個幸福笑臉。我像逢迎拍掌的觀眾，勉強向她笑一笑。

十二月要過去了，空氣裏的酸腐氣味卻揮之不去，圍繞我們的是發霉生果，惡臭水渠。行人路上一排接一排歪斜的棚架，樓上的冷氣機、水渠滴下水，我們要繞過地上的一灘灘污物。街道比平日更覺寥落，反而多了手牽手的情侶、一群群共度除夕的年輕人，他們擦身而過，有意無意將一口煙噴到我們臉上。她說：「我一回香港就鼻敏感發作。」我笑答：「這裏真不是人住的地方。」

我們路過便利店，門口一個面熟的中年浪人，手握啤酒大口大口灌下肚，另一隻手依然拉着他的破舊行李箱。一陣酸臭氣味，樂怡掩住鼻孔，似想繞路走開：「教授！難得回來一趟竟然會踫上他。」十數年來他一直在半山的大學附近一帶浪蕩，想不到她仍記得他的諢稱。他身上依然同一套鐵灰色西裝、白袖衫、淺灰毛冷背心，日漸破損仍覺齊整，樣子即使比多年前所見萎靡，胸膛、腰身不忘挺得直直。我從銀包掏出一張百元紙幣，悄悄塞入「教授」手裏，他欣然接受，舉起手中的啤酒，向我們祝福：Happy New Year！

回到居住的大廈，樂怡想吹風散心，我們由十五樓步上兩層到天臺去。天臺空無一人，一叢生鏽的電視魚骨天線，空蕩蕩的晾衣繩，荒棄的盆栽快枯死了。風，頗大的。

樂怡患得患失，仍在等候阿歷的電話，她終於不耐煩主動找他：「唏，你在哪裏？你應承今晚同我一起度過的，你應承過我的！」她按開電話揚聲器，給我聽阿歷的說話。

「哎吔，我仍然與cousin一起，妳在哪裏？有幾多個人？我沒有什麼節目，或許去看午夜場，妳有什麼節目？（我在佳儀家裏，沒有什麼打算，一直在等你來決定。）他們一班人都不肯放我走啊，我可能要好遲才來到。我在窩打老道cousin的家裏，去上環要過海底隧道，經哪一條隧道會快一點？（你可以乘的士來嗎？……佳儀說乘巴士經西隧會快些。）我表弟有車，唏，他說西九龍正在大塞車，現在望出窗口，窩打老道嚴重塞車，車龍好長好長，妳們有時間等我來嗎？電視新聞剛報導說兩條隧道都大塞車，我來到會不會太晚？（你來到，都一兩點鐘了……）這樣，不要等我好了，妳們先去找節目，我來到就來，我cousin肯放我走的話，我立即趕來。」

樂怡立即按熄電話，吐了一句「Shit！」

她點起香煙，抽幾口就放下，抽幾口又放下。電話這個時候響起，她隨即轉變面容接聽，聲音故作興奮：It's already New Year in Hong Kong……Yeah, I'm having a great time with Kelly……I miss you so much, honey……。

這場戲我已看厭。我走開，沿天臺的圍欄無聊地一步一步走。周圍的大廈黑漆漆的，似有一個人影在某個窗戶探頭，注視我們在天臺的動靜。

向中環方向，幢幢高樓大廈的頂間，亮出若隱若現的光芒。迎接元旦的煙火發放，這裏從來只能遙遙看見。恍如遠方傳來雷聲，過一段時間，再傳來兩響，天際隱約有光。

我站到一角，這裏異常安靜，沒一點聲息。突然間，樓下傳來一陣起哄怒吼，我伸出身子探頭往下望，街角休憩公園發生爭執吵鬧，人影幢幢，幾把喉嚨互相叫罵，吐出幾種我無法分辨的語言，爆出打碎玻璃響聲，似是一場江湖廝殺，然後如鳥獸散。我極力張望，想了解箇中因由，倏然，一切歸於平靜。

數個月後，我搬離這個房子。我負責的項目完結，公司不再跟我續約。失業了，為了節省租屋費用，我遷回父母在新蒲崗留下的舊居，跟弟弟、弟婦同住。

我把書本、衣物、家當寄存在新蒲崗的工廠大廈迷你倉。螞蟻搬家，每天把一個行李箱容量的東西放到倉裏去，走過一重接一重的儲存間隔，時而看見新移民小孩張開摺檯做功課，時而看見送外賣的中年人打開尼龍牀於走廊午睡小休。

我以前的房間，木牀、衣櫃、書桌早給丟棄，改成雜物房，塞滿過氣的健身器械、日本玩具模型、毛公仔。牆壁殘留從偶像雜誌撕下來的歌星黎明海報，小學最要好同學畫上去的卡通櫻桃小丸子塗鴉。

搬回來住的第一晚，我的家當就是一個手提行李，內裏是準備面試的套裝、飾物，我用衣架一件件整齊掛起。

我清空靠近門窗的雜物，在地上攤開牀鋪休息。大廈外牆正在維修，窗外的夜色給竹棚、網紋帳篷隔開。吊在棚架的防盜射燈徹夜不關，射進來的白光異常刺眼，我只能強迫自己入睡。

原刊《香港文學》第三八五期，二〇一七年一月

二〇一八年七月修訂

熱風

終於，她聽到高跟鞋聲音從房東的劏房走出來，鐵閘嘩的一聲轟然拉上，沿走廊向升降機方向而去。

她一直半睡半醒，身體像貓一樣蜷伏在牀上，電風扇吹來又濕又悶的風。她再賴牀片刻，睡眼惺忪，視線在身處的劏房游移。睡牀對正房門，靠門是僅可容身的廁所，就是為了一個獨立廁所，她租下這個房間。牀頭的雜物檯上，電風扇、手機、鬧鐘、護膚品、進修課本、借來的《辦公室相處不煩惱》。旁邊一張摺檯，放有水果、方包、水杯、碗筷。牀尾的一方，疊着一幢四個收納雜物的大膠箱，幾個衣架零落掛在牆上。

地板總是積聚一團團灰塵，給電風扇的風吹得打轉。

她儲足精神起牀，背心前後沾滿汗水，枕頭睡到濕了一片。放輕腳步走出房間，寸步艱難走過兩排劏房之間的狹窄走廊，地上擺滿拖鞋、雜物架。房東的房門慣常半開半閉，赤裸上身像一頭豬睡死在凹陷的沙發牀上。

她走到後門，取了掃帚、垃圾鏟返回房內。掃出一地頭髮，頭髮不知從哪裏飄過來，分不清楚是自己還是誰人的。

她把灰塵頭髮倒進後門的垃圾桶。聽到某個房間的新移民家庭，開始嘈嘈吵吵，他們的小孩，又用手機看卡通，普通話兒歌的聲浪，令人掩耳速逃。斜對面的房間，鄰人在牀上輾轉反側，「咿，咿，咿，咿。」

過去十數天換下來的衣服，開始發出異味。她坐到牀沿，逐件放進手拉車裏，內褲、胸圍分別放入網袋內。

脫下枕頭袋，翻開牀墊，脫下牀單，才發現一個牛皮紙袋塞在牀頭位置。公文袋年深日遠，破爛磨損。包着一本老舊的「香港沖印」3R相簿，封面是一個少女電視藝員的甜美笑臉，依稀認得的面孔，記不起名字。十來幀黑白、彩色照片。唐衫老翁坐在籐椅上，旁邊白襯衫青年恭恭敬敬站着，口袋插一枝墨水筆。影樓拍攝，亭臺樓閣的佈景板，紙皮階磚砌成地板圖案。

另一張，中學女生在禮堂表演土風舞，塗上眼影，手抓圓形鈴鼓高舉搖晃，彩色菲林照片褪了色。

她一一看過，想了一想。雜物檯上找出原子筆，草草寫下字條：盼房東代為聯絡，物歸原主，應是相當珍貴的紀念物。簽上自己的名字。

她準備妥當出門，臨行再考慮一刻，還是把相片簿留在檯上吧。

拉着手拉車離開劏房，鎖上門。緊握門把左右扭動一下，確定鎖上。關上鐵閘，聽到升降機剛剛在這一層停下，她快步走去叫喊：「等等，等等！」升降機門已緩緩關上，在兩扇電梯門之間的空隙，一個瘦削的拾荒女人，眼光空洞回望走廊的她。

她沒有搶上去按停，在走廊呆看着升降機的跳燈，從六樓降落至地下，從地下爬升上頂層十二樓。升降機槽裏，傳來上落樓層呷呀呷呀的機械聲音。升降機終於在六樓停下，她踏進去，一陣垃圾的酸腐氣味。

走出大廈，清晨的天氣灼熱，戴上太陽帽。她聽聞有一間新開張的自助洗衣店，離這裏四個街口的一條橫街內，手拉車在凹凸不平的石屎下坡路上顛簸。

橫街的盡頭可見電車路軌、電纜，遠一處是半荒廢貨倉，再遠一處是零星貨輪漂浮的海港，海港灰濛濛。

整條橫街只有一間店鋪開門，亮出白色燈光。空無一人的自助洗衣店，右邊靠牆一排洗衣機、乾衣機，左邊放兩張木長椅，中間一張書桌大小的工作木檯。她把手拉車放入店子最內裏的角落處。

她逐一打開自助洗衣機的機門，看一看、嗅一嗅機內的清潔狀況。開、關關，終於揀了放在最內裏的一部。先用帶來的乾毛巾打圈抹一抹滾筒，從手拉車取出沾上汗漬的衣物，一一放進機內。首次光顧，她仔細依照貼在洗衣機上的步驟指引。關上洗衣機門，投入硬幣，按下開關。洗衣機開始運作，清水、梘液在滾筒內噴射。

她坐在木椅上休息，光潔明亮，慶幸可以在星期日早晨，一人獨佔整個空間。她打開背包，取出蘋果、番石榴、香蕉。用小刀把生果切小粒，放入玻璃餐盒。

一個黑西裝白襯衫的中年男子在門外路過，看看招牌，看看店內，行過幾步後又走回來，踏入店子，站在冷氣機風口底下，呼出一口氣。

他看看店內的裝潢，也看了看坐在角落處的她，自言自語：「這個位置，一直是吉鋪，都有好幾年了，想不到竟然有翻生的一日。」

他把斜背着的公事包除下，放在靠近門口的長椅上。

「之前是一間日本料理店，我第一次吃馬肉刺身，就在這間店，十年、八年前，香港幾難得才吃到馬肉刺身啊！日本空運到港。日本人吃馬肉歷史悠久，可以追溯到四五百年前的戰國時期，不過，始終有不少民族視馬匹為人類的夥伴，食馬肉是禁忌。」

他脫下西裝外套，露出一個小肚腩，解開襯衫最頂的鈕扣，皮膚將紅未黑。

「如此偏僻地點，只有質素極佳的食肆才可以做下去，當年是西環的隱世小店，老闆自視為高人，一直拒絕雜誌訪問，依然其門如市。門口掛有手工木雕招牌，太河苑。」他的興緻突然高漲：「係，一字不漏，叫太河苑日本料理。有次同事帶我一齊來見識，客人不多，像今日潮流興的深夜食堂，座位向窗，喝一杯清酒，享受到不得了。」

他轉着腳步，內外兜了一個圈。他面向右邊由地下至天花貼牆的一排洗衣機、乾衣機，左右指劃：「這邊是一排卡座。」他轉向雜物房的位置：「這是洗手間、儲物室、雜物房。」他再轉半個圈，向她坐着的位置：「這是半開放式廚房，上面掛滿一排一排北海道鱈場蟹的鮮紅蟹殼。收銀機在這個位置。」然後面向門口：「這裏可以放兩張四人卡座窗口位。全店只能招呼十來個顧客，食材的確新鮮，吃刺身，就是吃它的特別鮮味，對嗎？不過，我最欣賞都是它的馬糞海膽，直接從北海道空運來港，想起也流口水。現在？現在，似乎沒有了，核輻射污染。」

他向着她說：「沒有啦，店主移民去臺灣。我跟店主夫婦一見如故，營業最後一晚，他們叫我去臺中重聚，我是他們的貴賓，哈哈。」

她一直避開他的目光。水果沙律做好了，玻璃餐盒滿滿的，果仁碎粒鋪在上面。她從紙袋取出兩片小麥方包，用小餐刀去掉方包的外皮，再直切兩刀，横切兩刀，九宮格似的小塊麪包，拈起放入口嘴嚼。一口水果、一口麪包。

他轉過身，喃喃自語：「現在是自助洗衣店當道，現在是自助洗衣店當道，五百萬新盤亦無處晾衫。」他逕自走到放公事包、西裝外套的長椅坐下。

他往街外看，注視走過的路人，寥寥可數。

街外漸漸嘈雜，附近的店鋪傳來拉開摺閘的刺耳嘩嘩聲響。

一隻垂頭喪氣的大狼狗，走入洗衣店內。男子逗牠玩，撫摸牠的頸背、耳朵。牠不理睬，向女子走近，仰起頭嗅嗅她吃剩的食物。女子站起身，移步避開。男子的視線一直跟着狼狗，拍拍手掌：「狗狗，過來！」狼狗依然不看他一眼，施施然走出店外。男子笑罵：「一頭老狗。」

她返回坐在長椅上，繼續吃。吃過後，把水果核、方包皮、牙籤，用紙巾包好，摺得齊整放在一旁。一口一口喝下檸檬水。她從背包取出一本釘裝的黑白影印本，封面字體顯眼，*Practical Everyday English*，平放在大腿上翻看。

「妳真是好學啊，這個年代玩手機的人多，看書讀書的人少。」

她依然專注的看着翻着，手執鉛筆做筆記。

「啊，妳是幫小朋友補習英文？」

洗衣機滾筒翻動的聲音戛然停止。她放下影印本，走上前，先打開洗衣機上一格的乾衣機，仔細看一遍，用毛巾打圈抹一遍，把清洗妥當的衣物一把一把放入內裏。她背向他，用身體阻擋他的視線。投下硬幣，按下乾衣機的開關，觀察滾筒轉動。

他繼續向她說：「我好喜歡小朋友，我做過補習，後來發覺家長對男補習老師，特別有所顧忌，他們當然相信自己孩子。妳知道嗎？小朋友就是特別敏感、好多幻想。曾經有家長私下查看女兒短訊，發現女兒寄了一幀沙灘泳照給我，只是普通不過的泳照，他們竟然走上補習社大吵大鬧，又把我的相片放上網上討論區，我的工作就此完蛋啦。」

她坐回長椅上，胡亂翻開英文影印本，語氣調侃：「你看我的樣子，怎有資格幫人補習？我是在大學上班，做文職工作。」

她說話的聲音微弱，他要向她俯身才依稀聽到。

「啊，很好啊，大學環境好啊，妳認識很多大學生、很多教授？妳住在附近？」

「住在街市隔鄰的一座大廈，都是為了方便返工，節省交通費。我小時候住在西環，後來遷往屯門，一直好想搬回來。不過，住了一個多星期，不習慣，睡得很不好。以前住闊落的唐樓，現在住劏房，人多口雜，街坊街里都不打招呼。……」

「達哥，放完大假喇。」一把女聲在洗衣店外高叫。

他隨聲音轉頭望出外，街上一個穿行政套裝挽公事包的女子走進來。

男子立即站起來回喊，快步迎向女子：「相請不如偶遇呢，娜姐。」

女子站到通風口底下，迎着涼風：「怎麼不多放假兩天，天時暑熱，星期日都跑數？」

「大學星期一開學，想開多些學生租房的單，密食當三番嘛，妳那組人長期『爆數』，近來業績如何？」

「我呢，唉，日日被『捽數』，碰着的都是『稀客』，差不多兩個月了。」

「哈，妳豈不是只能支底薪？跟我一樣放了個悠長假期。」

「彼此彼此。」

他從放在椅上的公事包裏，掏出一個長方型的禮品，金黃花紙包裝，印有色彩斑斕的日本戰船圖案。「送給妳，原本是買來自己享受，私人沖繩直送的金楚糕，由琉球王國時代流傳下來的茶點，配一杯抹茶更妙。」

女子笑笑接過，隨手把盒子放在長椅上：「出外旅行，都不想返香港吧？」

「我在沖繩，每餐都大吃蒸籠豬肉、地道海膽，早上游泳，晚上浸溫泉，快活過神仙。」

「我每次離開香港，就算去的不過海南島，感覺亦似由地獄上到天堂。」

他嘴角含笑，意氣風發。「這次我放假，心情特別好。告訴妳，放假前幾個禮拜一單生意都沒有，想不到有意外驚喜。兩個互不相識的客人，女的，今年入讀港大的新生，一個住天水圍，一個住元朗，各自找劏房，要環境清靜，方便溫習，預算只能付四千元。後生女不識世情，何來那麼便宜的事？誰知剛好有個租盤，水街的舊樓，天臺的加建石屋，四百來呎。我靈機一觸，撮合她們兩個合租，每人四千，正合乎她們的預算。其中一個說，要把家裏的鋼琴搬來，原來她兼職教授鋼琴，另一個喜歡唱歌，簡直天作之合。」

他繼續說：「天臺石屋相當簡陋，沒有獨立廁所、廚房，要跟同住頂樓業主一家共用，何等不方便，她們竟然無所謂，也沒想過講價。業主有兩個兒子，大仔有女朋友，細仔還未有，哈哈。」

女人笑笑：「我也曾經帶不少港漂、陸生看劏房，打開房門，他們便嫌這嫌那，怎麼房間這麼小啊？冰箱、洗衣機放哪裏？怎麼樓這樣舊？房租這麼貴？劏房確實難做，成交了經紀又能賺多少？」

「Exactly！待我繼續講下去。過了幾日，我帶一個新客上那棟舊樓看鎖匙盤，一層層樓梯行上去，隱約聽到天臺有人彈奏鋼琴，巴哈的 *Prelude in C Major*，我上中學曾經練習過。」他哼着旋律，提起雙手至腰間的高度，十隻手指像隔空彈琴般舞動。「嘿，這樣年輕的女子，節奏掌握得挺好。我站在樓梯暗角仰望，天花剝落，石屎露出鋼筋，四處積水滲漏，突然感慨，為什麼她們要屈居在這邋遢的地方？天臺屋，烈日當空四十度，打風落雨又會浸壞鋼琴。」

他苦笑一下。「在劏房林立的舊樓，竟然聽到現場演奏的古典音樂，非常好笑，真的非常好笑，房租至少可以再漲一成，哈哈。年少時別人拍拖玩樂，自己兼職補習儲錢，就是為了學鋼琴交學費，閉門練琴，卻連校際比賽參賽的大門都走不進去。今日又如何？當個爛鬼地產經紀。當日如果不是客人催促，我會靜聽多一會琴聲，甚至沿樓梯登上天臺，可以聽得更清楚。」

他打開手機。「看，我偷拍兩個妹妹的照片，這個讀護理系、那個讀社會工作，都是很天真的女生，兩人也不問是否合得來，就傻呼呼答應合租。」

女人敷衍地「嗯」兩聲，掏出打火機把玩，突然察覺有個人影站在她背後，無聲無息，她往前挪開一步，讓背後拖着手拉車的女子走出門口。沒有眼神接觸，只見那人的手拉車給門口的梯級絆住，險些翻倒，臉上似有一剎那的窘態，向山邊方向離開。

「怎麼了這個女人？嚇得我。」

「嗯，嗯。」

女人突然感嘆道：「跟緊個客，未有着落，兩個月食穀種。」

她走出洗衣店外抽煙，卻點不着火。男人出去替她點火，陪她一起抽煙，像門神，左右一個。

漫長的無言，女人呼出最後煙圈。獨自返入洗衣店內，歪坐木椅邊沿，雙腿內八字伸出，身向前傾，左肘按着大腿，以手支撐欲倒的頭顱，任長髮垂下遮去半邊容顏。

半晌，女人撥起額前蓬鬆的長髮，瞥見男子仍留在門外，他把煙蒂丟到地上，踩熄，皮鞋鞋底似已磨蝕掉了。男人整理並拉直西裝，精神抖擻，將手機舉到半空，向鏡頭微笑，拍一幀自拍照，看似要上載到社交網站。他兩隻拇指不停按鍵，沒完沒了。

男人緊握手機的手終於垂下，放鬆，目光緩緩投向身處的橫街盡頭，他邁開腳步，向遠處一個路人的身影走去。

原刊《城市文藝》第九十一期，二〇一七年十月
二〇一八年七月修訂

馬爾他

她在九龍塘地鐵站下車，走上地面，遠處整個獅子山頭在眼前。

他昨天給她最後的WhatsApp訊息：「這是地圖，九龍塘MTR的D出口行十五分鐘。」

她趁餐廳午市與晚市之間的小休時間趕來，原本打算不在餐廳吃飯，不過今餐有她喜歡的日式洋蔥咖喱飯，匆忙吞下肚便從官塘趕來。在地鐵車廂內，急忙給對方短訊，她會遲到。她一直手握手機，等候對方回覆訊息。始終沒有。

一群藍色旗袍校服的女學生互相追逐嘻嘻哈哈直向她跑來，在她兩旁飛奔過去，其中一個朝她肩膀撞來，不顧而去，她的手機險些跌在地上。她轉頭向她們大罵一聲，笑聲更響，跑得更快。現在的女學生真令人失望啊，名校女學生的水準亦如此低下。

她按地圖走到一座老舊的白色樓房，大門入口處，她按對話機。無人應話。她給他短訊，説已在樓下，長頭髮，紮馬尾，黑袖衫黑牛仔褲。

她掏出香煙來抽，抽了半支後，再按一次對話機，依然沒有人應話。她再抽兩口，大門鐵閘「啪」一聲打開。她急忙大口連吸幾口，爬上四層樓梯。剛才餐廳的同事跟她說：「嘿，單身一個女子上陌生男人的家，是否有潛在危險？」她跟她們打賭：「我沒樣貌沒身材，一定會平安回來。」「他是要妳的錢呀！哈哈！」她跟着她們笑。

她彎腰，把煙蒂塞進門前一盆黃金葛的乾涸泥土裏。按門鈴，男人開門。她說，Hello，來交收手提黑膠唱盤的。

她踏入玄關，男人關上大門，「我去拿手提唱盤出來。」直向客廳走。客廳空蕩蕩，靠牆堆放一個接一個大小不一的木箱、紙皮箱。旁邊一角落放一堆家居雜物，男人在那角落處，取出一個手提喼型的唱盤。

他走到開放式廚房，把唱盤重重地放到廚房的吧檯。「妳過來檢查一下。」

她由玄關走前兩步，涼鞋踏在地板發出噠噠聲。男人立即叫着：「唏，小姐，麻煩脱鞋，門口有拖鞋。」

她轉頭看了看玄關地上的拖鞋，都是灰白薄薄的，幾對歪歪斜斜堆疊，顯然從飛機上、從旅館裏順手取回來。

她停住身子，半彎腰，脱下左腳的涼鞋、脱下右腳的涼鞋，馬尾右、左擺動，赤腳向吧檯走去。

「勸告妳一聲，這星期常有搬運工人來把傢具入箱，小心地上有木刺、鐵釘。」

她走了幾步，站在吧檯前，把唱盤移到自己的面前細看。唱盤上面貼有一張黃色便利貼，寫有她的名字、聯絡電話、價錢。

復刻版的手提箱黑膠唱盤，是她一直喜歡的紅色外殼。陌生的歐美牌子，做工精細，比她在音樂連鎖店見到的更精美，提起來看機底，義大利製造。

「這部唱盤還很新淨。」

「接近全新，買了好幾年，在香港生活，哪裏可以擠出時間享受音樂？」

「有黑膠唱碟可以給我試聽？」

「當然有，有黑膠唱盤怎麼沒有黑膠唱碟？」

他往客廳同一角落的雜物堆裏去，雙手捧起放有十來張唱碟的透明塑膠箱，姿勢像捧着愛犬一樣，放到吧檯上。

她輕輕一張一張翻看，大部份還未開封，雙手卻沾滿灰塵。「有廣東歌嗎？」

「沒有，我從來不聽廣東歌，我老爸老媽的時代他們聽廣東歌，九十年代移民加拿大，幾箱唱片都給丟棄了。」

「嘩，現在可能值十幾萬，這一兩年廣東歌黑膠碟很值錢，張國榮的唱碟可以炒賣至三四千元。」

他的聲音突然高昂起來：「香港人的本性就是愛炒賣，炒股票、炒樓、炒地皮亦未嘗不可，炒賣唱碟賺那麼一百幾十，沾沾自喜，也真可憐。我這個唱盤出價五百，竟然有人壓價，回價三百。香港人吃一個自助餐，七、八百元都毫不吝嗇，買一個名牌唱盤，可以聽十年八載，竟然斤斤計較。唉，受不了香港人。」

他特意揀了一張，左手拿起封套，倒出內裏的唱碟，右手接着，單手把唱片放到轉盤上，姿勢生疏，最後終於把唱碟中央的圓孔插進軸心。扭開開關，唱碟旋轉，提起唱臂把唱針放到坑紋上，唱針放不準，發出「卡卡」聲響。

黑膠唱碟獨有的沙沙「炒豆」雜聲，一段結他音樂引子。（Yesterday yes a day like any day…… alone again for every day…… seemed the same sad way to pass the day……）

她首次聽這首歌曲，情緒立即給音樂牽引起伏。女歌手的歌聲稚拙，纖細脆弱，卻散發夢幻般的透明感，不斷吟唱昨天如何，昨天如何，迴環往復，她隨之失神。

放在餐檯上的手提電話響起，男人走去取起，面向窗外接聽。「哈哈，你終於打電話給我！……誰通風報信給你啊？……哈哈哈！不出我所料。……還有兩個星期，十八號要飛了，一個當旺的日期，哈哈。……當然自置物業，住在Sliema，頂樓，180度全海景。」男子的背影，藍色馬球衫的衣領豎起、白色百慕達及膝褲。「……可能做老本行，也可能開間小店，這層樓我委托了地產經紀放售。……承你貴言，你夫婦隨時來Malta探望，無任歡迎。」

窗口外邊是斜坡，斜坡盡頭是樹木茂密的公園，在臨近黃昏的光線底下，足球場上運動員的喝罵、叫囂隱約可聞。

男子講完電話，走回來。女歌手還在唱着，他提起唱臂，關上唱機。「這張唱碟，有個故事。幾年前我和老婆在馬爾他旅行，聽到這首歌由二手店傳出，在那一個moment，我完全陶醉了，我走入去，似乎着了魔，毫不猶豫高價買下，回到香港才發覺家裏根本沒有黑膠唱盤。」

她說：「我一直想去馬爾代夫，游水、做spa。」

男人微笑。「馬爾代夫在印度洋，馬爾他在地中海，是歐盟、英聯邦國家，我們移民的國家是馬爾他。」他咬緊最後三個字的音節。「馬爾他有地中海之珠的美譽，是世上有數的最快樂國家之一，我經常對朋友說，我們只是想去一塊可以過安樂生活的地方，哪裏可以吃安樂茶飯，哪裏便是我們的家。」

他突然有感而發：「這裏嘈喧巴閉，亂七八糟，通街的人吸煙，烏煙瘴氣，故意將煙噴到你臉上，還以為是活在香港的自由。」

門外有鎖匙聲，大門從外面打開，是男人的妻子和孩子回來。

妻子見到屋內有陌生的女子，化了淡妝的臉沉下來。男子連忙說：「來取唱盤的。」

小男孩叫了一聲Daddy，直奔去放雜物的角落，跨上兒童三輪玩具單車，直向飯廳衝過來。

妻子叫着孩子：「Alexander！怎麼這樣沒禮貌？快叫一聲姐姐。」

孩子含糊說：「姨姨。」白色透明的矯視眼鏡把孩子瘦削的面孔遮了一半。他踩着單車在女子身旁轉來轉去，再沿着房間走廊來來回回。

妻子把超級市場買來的兩大袋食物，放進雪櫃裏。

男人苦着臉。「壽司、沙律、芝士、法國麪包，今晚又是吃這些生冷食物？突然好想喝越南滴漏咖啡。」他跪下拉着踏單車的孩子說：「Alexander，我們今晚去吃你最喜歡的越南春捲、炸蝦餅，好不好？」

妻子說：「忙東忙西，何來空閒做飯？」又問道：「你今日做了些什麼？」

男人向她交待：「不就是去了迷你倉一轉？儲存妳的幾箱東西，幼稚園畢業照片、小學畢業照片、中學畢業照片、大學畢業照片、家庭照片，一大箱的紀念冊、生日咭、聖誕咭、信件。妳說過，這些有紀念價值的物品一定要隨身帶，不能寄倉，不能海運，空運也不行。」

妻子冷冷地說：「夠了。」然後轉頭向孩子：「Alexander，怎麼這樣沒規矩？不准在人家面前轉來轉去。」

一直站在一旁的女子，掏出銀包，取出老闆給的一疊四張一百元，另外再掏出一張一百元，遞給他。「五百元，數一數。」

他收下，放在吧檯，用一隻酒杯的底部壓着。

他將手放在膠箱頂：「這箱唱碟，二百元全給妳，成交？」

她眼睛發亮，又暗下來。「是我提議老闆買這部紅色唱盤放在餐廳裏，不過沒有預算給我買唱碟。」

男人毫不考慮，把膠箱推給她：「全部給妳，免費！」

她一手挽手提唱盤、一手挽唱碟回到餐廳，把唱盤放到餐桌上，也掏出唱碟展示給同事看。

眾待應不認識唱碟封套上的歌手、歌曲，也沒有興趣知道。他們趁着晚市快開始之前，聚在後巷抽煙、玩手機、看劇集。

大廚兼老闆從廚房走出來，她趁機報告，唱碟全部從歐洲帶回來，品質上乘，香港不可能買到。他望了兩眼：「免費？超值啦！」便逕自從雪櫃取了兩包凍肉，回廚房裏去。

水吧吧檯上的雷射唱片機損毀多時，她獨自一人忙着把唱機、音響、電線搬去雜物房。騰出的空位擺放紅色黑膠唱盤，揀一個紅酒木箱放黑膠唱碟。

是日星期五的晚餐時段，不少檯子都預訂了，會是忙碌的一晚。

她拿抹布清潔水吧，倒掉垃圾，準備熱水機的水，再檢查茶杯碗碟全部乾淨齊全。整理身上制服，再拿毛巾洗個臉，重新紮起頭髮。

顧客陸續到來，開始她的忙碌時間，熱飲、冷飲，雙手做個不停。首輪顧客的飲品終於妥當了，有些許空閒時間。

她打開唱盤，隨意揀一張唱碟放在轉盤上，調較吧檯的燈光。（Wasted and wounded…… It ain't what the moon did…… I've got what I paid for now……）

她聽不懂大部份英文歌詞的意思，男歌手一開腔娓娓道來，沙啞而蒼老，她自然有想哭的感覺。

她靜觀餐廳的客人。最近的一張餐檯是一對中年夫婦。妻子右手用叉子捲起義大利麪條，放入塗着豔紅口紅的嘴裏，低頭盯着左手握着的手機。坐在對面的丈夫，檯上一隻酒杯，獨自喝紅酒，酒瓶剩下半支，碟子上剩下半塊牛扒。（……to go waltzing Matilda, waltzing Matilda）

他們對面的餐檯，年輕夫婦及一對子女，放滿一檯食物、飲品。妻子與女孩共坐，都是低頭盯着手機。丈夫與兒子共坐，兒子放平板電腦在檯面，用手指劃着劃着。只有丈夫獨自在吃，把一匙匙義大利燉飯放入口，吃了幾匙，也掏出手機來看，都是靜靜的。（……go, waltzing Matilda, waltzing Matilda）

突然，客人最多的一檯爆出掌聲與笑聲，全餐廳的人都向他們望去。他們開始唱生日歌，一群畢業的男女同學為其中一位慶祝。他們當中有人用手機拍影片，有人給蛋糕、食物拍照片，有人自拍，閃呀閃呀閃呀。他們前後排在一起，歡樂地叫待應給他們拍集體照，喧嚣繼續。（……waltzing Matilda, waltzing Matilda）

女待應手托一盤剛剛收拾的杯碟刀叉走到吧檯，委屈地對她說，那西裝男人投訴凍檸檬茶淡而無味，我提議另泡一杯給他，他搖頭不語，用手勢示意立即結賬埋單，他把賬單碟子上找贖的一元、兩元，逐枚逐枚取回。「明明不是我的錯，為什麼我要受氣？」走開去了。

唱碟底面兩面轉完，她關了唱機。取了掛在檯邊的女洗手間鎖匙，走出餐廳小休一刻。她在暗黑的後巷打開手機，看看WhatsApp有沒有給她的新訊息。沒有。她緩緩噴出一口香煙，腦海閃現一個想法，她要離開這裏。她不清楚自己要去怎麼樣的一個地方、幹什麼工作、周圍是怎麼樣的人。她會離開，她知道，只要這樣想，她必然可以離去。

原刊《香港文學》第三百九十七期，二〇一八年一月

後記

我上一本小說集《某些生活日誌》付梓，是一九九七年八月，正是我前往美國堪薩斯留學前夕。留學期間農曆假期，我回港一次，是為了去洪葉書店取回小說集的貨尾，新書於半年內賣不出去的餘貨，發行公司會着作者取回。我跟隨洪葉一個年輕店員由旺角走到大角咀一座舊工廠大廈。打開貨倉的門，裏面放滿一棟棟牛皮紙包着的書籍，就在這個地方，聚集不少香港作家的新作。我跟在他背後，在狹窄空隙走，這像走進一個鐘乳洞裏去，一棟棟書籍，似是從天花、從地上的水溶液滴經過漫長歲月形成的石柱。那些年頭，香港的文學新書，擺在書店不做任何宣傳可以賣出四百本。至於我那剩下的數百本小說，放在家裏牀底下的紙皮箱內，給衣魚日夜噬咬。

重返堪薩斯大學，課堂上讀 Harlem Renaissance「哈林文藝復興」，是一九一〇至三〇年代以美國非洲裔的作家、爵士樂手、畫家領導的文化運動，我認識了 Jean Toomer 及他的作品 *Cane*，迷惑於其詩意的結構及筆法。學期完結，我的論文便是關於「哈林文藝復興」的詩歌。暑假快將開始，在大學的網頁看到英文系一個教授招聘學生兼職，是幫他整理美國非洲裔作家的生平及作品撮要。我走到英文系申請，接待處的兼職女學生遞給我一張申請表格便走開，剩下我獨自一人，寫下個人資料、有關的修讀課程及論文，把表格投入木箱內。回到香港，我奇怪為什麼總不時想起那個接待處。室內的簡樸與寧靜、充沛的日光，上面寫有我的名字及申請職位的表格滑落木箱內，這直如一個儀式，是向過去的職業是秘書的那個我，正式告別了。

這本小說集的內容，前三篇是在美國用英文書寫的習作，翻譯中文而成。回港後我入讀香港大學研究學院，修讀比較文學系哲學碩士課程。交上畢業論文之後，正值SARS來襲，我的生活開始很不穩定，一九九七後最初的幾年，湧現不少年輕作家、漫畫家、插畫家、導演，他們是七十年代出生的新世代。我置身於劇變的時代與社會，作品已不合時宜。我極力想擺脱過往的寫法，還未下筆，信心已經動搖，就算可以勉強寫下數句，都是軟弱無力，無法成章。我轉往構思長篇小説，坐在銅鑼灣中央圖書館開始草稿，腦海裏想到什麼就寫下什麼，最後都是失敗告終。於是，有人問為什麼我停寫，有人對我説妳寫得出嗎？有人説我這樣水平的作品編輯也未必刊登。

說到停寫，於我，只有一個理由，就是假如有天我在圖書館或書店找到一本書，這本書的題材、地域、人物、筆法，完全是與我一直所追求的一模一樣，而且寫得比我更出色。就在二〇〇六年，接到《城市文藝》主編梅子先生的約稿電話，我決心再下苦功，繼續寫小説。

在圖書館在書店，我專門找從未涉獵的作家的著作來讀。侯孝賢的《海上花》在戲院重映，看過後印象深刻，於是翻開張愛玲翻譯的白話版本，竟然相當投入。讀到李漱芳臥病在牀，一隻大黑貓偷偷竄入她的牀下，她往牀下看，發狠向貓踢去，黑貓嗥一聲，竄離前還回頭凶凶瞪她一眼。我立即記起自己在半荒廢舊式徙置區的成長時期，經濟能力差的家庭無法遷往私人屋苑，而要與野貓野狗老鼠一起生活的情況。掌握到小說的語氣及氛圍，我很快便寫成〈一切安好〉。接着的一篇〈外出〉，用上《海上花》的寫實白描筆法。已往我筆下的人物，都是過着平穩與安逸的生活，着眼他們的個人情感與過去，由〈外出〉開始，我要他們直面此時此地的現實世界。

二〇一一年中，我的生活開始穩定，我清楚自己是要在隱閉寧靜只有我一人的空間才可以寫作。最初租了尖沙咀舊式商業大廈改裝廿八呎的微型房間，上上下下前後左右都是化妝修甲店鋪。關上門不見天日，我寫了一篇小說，一個上班族由南美旅遊回來，在辦公室因時差渴睡，於茶水間的雜物櫃內睡了一覺。後來租金暴升，我便離開尖沙咀。經「臉書」做裝修的友人介紹，轉往官塘舊工廠大廈的劏房，地方殘舊燈光暗淡，每天可以掃出一地灰塵，左右租客各有各的生存態度，無政府的狀態。

我早打算把自己的作品結集成書，每次都慨嘆，要是羅志華與他的青文書屋還在的話，那就容易成事了。二〇〇八年的農曆新年，他在大角咀租用的一百呎貨倉內，不幸給倒下來一箱箱書籍壓死了，他原來早有計劃在石硤尾重開書店。其後，我聽聞深水埗一間夜冷店發現了青文出版的叢書，特意去訪尋。我找到夜冷店，叢書放在門口一個貨架底層的三格地方，仍然簇新得很。

深水埗畢竟是江湖之地，曾經有葉問的武館，有錢穆、唐君毅的新亞書院，有李小龍就讀的聖方濟書院。我對深水埗記憶，始於幼年時入讀天臺幼稚園，寫毛筆大字、念廿六個英文字母、背乘數表。這一兩年來，有幾次走上嘉頓山看深水埗夜色，我都在想，如果年幼時我們家沒有從李鄭屋山邊木屋遷往荒蕪之地橫頭磡，留在既有雜亂的庶民文化、亦見傳統學問傳承的深水埗成長，我的人生會否完全改寫過來？我會是一個就讀名校的品學兼優的中學生？我會否成為一個早慧的作家？然而，在鄰近啓德機場的橫頭磡居住，日間經常看見飛機在我頭頂上低空飛行，去美國留學在我小學的年紀早已嚮往。

我仍住在橫頭磡的舊式公屋，早上出門等候升降機，常有街坊問我還有工作嗎？我難以清心直說，就胡扯替人補習、翻譯，有了固定的工作室後，改口說在官塘一間文具店做半天兼職，幫老闆執貨、訂貨、入數，有時對方回應：有得做就繼續做落去囉。

這本小說集得以出版，要感謝很多同行：黎漢傑先生及初文出版社全仁，梅子先生、陳智德教授、藝術發展局委員施友朋先生為我寫推介文，黎海華小姐事忙未能抽空，仍感謝她對我的支持。感謝摯友阿武君，一直給我的小說題材、人物、風格的意見，這些作品不是我個人單打獨鬥而寫就。

我們仍在這裏。

二〇一九年一月廿六日

本創文學14

探訪時間

作　者：　郭麗容

責任編輯：　黎漢傑

文字校對：　聶兆聰

設計排版：　SING WONG

出　版：　初文出版社有限公司
電郵：manuscriptpublish@gmail.com

印　刷：　陽光（彩美）印刷公司

發　行：　香港聯合書刊物流有限公司
香港新界大埔汀麗路36號
中華商務印刷大廈3字樓
電話：(852) 2150-2100　　傳真：(852) 2407-3062

臺灣總經銷：　貿騰發賣股份有限公司
地址：新北市中和區中正路880號14樓
電話：886-2-82275988　　傳真：886-2-82275989
網址：www.namode.com

版　次：　2019年4月初版

國際書號：　978-988-79366-1-9

定　價：　港幣88元　/　新臺幣310

Published and printed in Hong Kong

香港印刷及出版